白百合の供物

宮緒 葵

キャラ文庫

この作品はフィクションです。
実在の人物・団体・事件などにはいっさい関係ありません。

目次

口絵・本文イラスト／ミドリノエバ

「……司教様。ヨエル司教様」

　揺れる馬車の外から呼びかけられ、ヨエルはまどろみから覚めた。従者用の席を立ったマリウスが側面に設けられた小さな物見用の窓を開けると、冬のひんやりした冷気が流れ込む。

「間も無くモルト基地に到着します。そろそろご準備を」

　軍馬に跨《また》ったまま報告してくるのは、下士官用の黒い簡素な制服に身を包んだ、褐色の肌に黄金の髪の大柄な青年である。典型的な帝国人の容姿だ。

　連日の雨でぬかるんだ悪路を馬車に合わせて騎行し続けるのは高度な技術と胆力が要求されるはずだが、国境線で護衛に加わってから数時間は経過しているにもかかわらず、青年も他の騎兵たちも疲労は微塵《みじん》も滲《にじ》ませていない。さすがは歩き出す前に馬に跨るという帝国の軍人である。

「ありがとう。もう少しの間ですが、よろしくお願いします」

「……は、ははっ！」

　ヨエルが物見窓から顔を覗《のぞ》かせて礼を言うと、青年は頬を褐色の肌の上からでも明らかなほど真っ赤に染めた。

　にこりと微笑《ほほえ》みかけてやれば勢い良く顔を逸《そ》らし、そのくせ気になって仕方がないとばかりにちらちらとこちらを窺《うかが》ってくる。他の騎兵たちも同様だ。数時間前、忌々《いまいま》しげな態度を隠そうともしなかったのが嘘《うそ》のような態度である。

建国して百年と歴史が浅く、何かと教会の権威を軽んじる帝国人である彼らが、二十四歳の若さで司教という高位にあるヨエルに畏敬の念を抱いているわけではない。

彼らはただ、魅入られているのだ。

月光の輝きを放つ銀色の髪に白絹よりも白く滑らかな肌、瑠璃色《るりいろ》の双眸《そうぼう》、侵しがたい気品に満ちた神々しいまでの美貌。いかなる悪人をも沈黙させたという聖者、クラウディウスの絵姿を写し取ったかのようなヨエルの姿に。死ぬまで人々に神の教えを説き、教会の礎を築いた聖者を知らぬ者は居ない。

司教にしか許されない白の聖衣を纏《まと》った姿を、純粋な信者は神が咲かせた聖なる白百合《しらゆり》と褒め称《たた》える。

「戯《たわむ》れはほどほどになさいませ、ヨエル様。アレらが本気にして襲いかかりでもしたら、いかがなさいますか」

初心《うぶ》な反応が物珍しくて、もう少しからかってやろうとしたら、マリウスがぴしゃりと物見窓を閉めてしまった。

いい退屈しのぎになったのにと残念に思いつつも、ヨエルは素直に座席に収まり、くっくっと喉を鳴らした。

「それならそれで好都合だ。従順な帝国人の手駒が増えるということだからな。下士官とはいえ幹部なら、それなりに使いどころはあるだろう？」

「……確かに、アレらを骨抜きにするくらい、貴方《あなた》になら容易《たやす》いでしょうが」

外の下士官たちに見せていたのとはまるで違う、濡《ぬ》れた花のような笑みから、マリウスは狐《きつね》に似た細い目を逸らした。

「軍で調教済みとはいえ、アレらが汚らわしい犬どもであることに変わりはないのです。暴走すれば何をしでかすかわかったものではありません」

吐き捨てるように言うマリウスの肌は白く、短く整えられた髪は混じり気の無い銀色。ヨエルと同じ、典型的な王国人の容姿である。ヨエルより年嵩《としかさ》だが、聖衣は司教に次ぐ司祭の位を表す黒だ。

王国人は属国であった帝国人を未《いま》だに蔑《さげす》み、帝国人は頑《かたく》なに独立を認めようとしないかつての支配者を憎んでいる。

継承権の無い妾腹《しょうふく》の三男とはいえ、王国の名門貴族の出身であるマリウスには、帝国人は野蛮な獣も同然の存在なのだろう。

俗世の理《ことわり》に囚《とら》われず、万民に等しく慈愛を注ぐべしという聖者の教えは、どこに行ってしまったのやら。

――ヨエルはきっと聖者様の生まれ変わりなんだよ。

――ヨエルなら絶対に、帝国と王国のみんなを幸せに出来る。

束《つか》の間過《まよ》ぎった金髪の少年の幻影を振り切り、ヨエルは膝の上で開きっぱなしだった書物を閉じた。

いつもながら、マリウスの徹底した帝国人嫌いには辟易《へきえき》する。司祭以上の高位聖職者はみな王国人で、帝国人は下位の助祭にまでしかなれないという暗黙の掟《おきて》が拍車をかけているのだろうが。

「……口を慎め、マリウス。その言葉を聞かれでもしたら、それこそ牙を剝《む》いて襲われかねないぞ」

長きに亘《わた》り王国に隷属させられてきた帝国人にとって、犬呼ばわりは最大の屈辱である。血の気の多い軍人相手に言おうものなら、サーベルの錆《さび》にされかねない。首尾よく目的を達成するためにも、彼らの心証を損ねるのは万が一にも避けたい。

「勿論《もちろん》、基地に到着した後は気を付けますが…奴《やつ》らが身の程もわきまえぬ獣であることは厳然たる事実です。犬の分際で帝国など僭称《せんしょう》するのもおこがましいというのに、王国の領土を侵すとは」

マリウスの愚痴を半分以上聞き流し、ヨエルは黙々と下車の準備を始めた。広げていた書物を纏め、防寒用のオーバーコートを座席の後ろにある荷台から取り出す。

本来は従者の務めなのだが、エーベルハルトとの繫《つな》ぎ役としてつけられたマリウスにかいがいしい世話など期待すべきではないし、したくもない。

「総員、停止！」

外で野太い号令がかかると同時に、規則正しい馬蹄《ばてい》の音が止《や》んだ。

がくん、とひときわ大きく揺れた後、馬車が停止する。

法王庁から王国を経由し、帝国との国境を越えて数時間。

舗装もされていない辺境の悪路は高位聖職者用の馬車に乗っていても険しい道程だったが、どうにか無事に目的地に辿《たど》り着けた。

「ヨエル様」

ようやく己の義務を思い出したらしいマリウスが、ヨエルの手からオーバーコートを取り去り、着せかけた。

無言で念を押されずとも、ここからが正念場であることくらい承知している。

馬車の外は馬のいななき一つ聞こえぬほど静まり返っているが、大勢の帝国軍人たちがヨエルの登場を今か今かと待ちわびているだろう。伝わってくる気配は威圧的で刺々《とげとげ》しく、気の弱い人間なら逃げ出したくなるかもしれない。当然、ヨエルはそんな可愛《かわい》らしい神経はしていないが。

「ああ。――行こうか」

ヨエルがためらい無く頷《うなず》くと、マリウスは馬車の扉を開け、先に外へ下り立った。

差し伸べられた手を取り、久しぶりの地面を踏みしめたとたん、声にならないどよめきがヨエルを包む。

ヨエルには馴染《なじ》み深いそれの発生源は、馬車を迎えるために整列させられた兵士たちだ。ざっと五十人といったところだろうか。

帝国人は総じて王国人よりも長身で、体格にも恵まれている。帝国軍の象徴とも言える黒の軍服姿の帝国軍人たちが剣を佩《は》き、ずらりと居並ぶ様は迫力の一言で、ついさっきまで彼らを悪《あ》し様《ざま》に罵《ののし》っていたマリウスでさえ小さく息を飲むほどだ。

厚手のコートを羽織っていてもしんしんと冷えるのに、常服で寒さなど微塵も感じていないかのように平然としている彼らは、犬というよりは狼《おおかみ》の群れである。たった一人、白の聖衣を纏ったヨエルは、さしずめ黒狼の群れに舞い降りた白鷺《しらさぎ》か。

教会の密偵によれば、このモルト基地の軍の規模は歩兵や騎兵、後方支援の輜重兵《しちょうへい》まで合わせれば千名を超える。

ここに集まっているのは司令官以下、主だった士官のみだろう。他の兵卒たちは、無数の天幕が張られた奥のキャンプで忙しく立ち働いているはずだ。

二人の将校を従え、先頭に立っている口髭《くちひげ》を生やした中年の男が、おそらく司令官のアイスラー中将だろう。ぽかんと口を開けてしまっているのでは、威厳も何もあったものではないが。

ヨエルは兵士たちの視線が己に釘付《くぎづ》けになっているのを感じながら、胸に下げた銀のクロスにそっと口付けた。

作法に則《のっと》った聖職者の礼であり、そこにいやらしさなど微塵も無いはずなのだが、居並ぶ兵士たちは何故《なぜ》か見てはいけないものを見てしまったかのように視線を逸らす。ヨエルがそう意図した通りに。

「わざわざお出迎え頂きありがとうございます。法王エーベルハルト猊下《げいか》の御命により慰問に遣わされました、司教のヨエルと申します」

聖職者は俗世と関わらない証《あかし》に姓を持たない。

ヨエルもまた、十二年前、エーベルハルトから洗礼を授けられた時に姓を捨てた。懐かしくも輝かしい過去と共に。

「敬虔《けいけん》なる神のしもべに、神の恩寵《おんちょう》と慈愛が等しく降り注ぎますように」

ヨエルが軽く両手を広げると、コートのたっぷりとした袖が翼のようにひるがえった。西の稜線《りょうせん》に沈みかけていた夕日が、ヨエルの銀の髪をまばゆく輝かせる。

おお……と、士官たちから今度は隠しきれない感嘆の声が上がった。

帝国人が王国人に抱く感情は実に複雑だ。長年虐《しいた》げてきた支配者として憎みつつも、聖者クラウディウスと同じ白い肌と銀の髪に強い憧憬《しょうけい》を抱いている。帝国の奴隷商最大の商品は、若い王国人の女だ。

彼らの視線を充分に釘付けにしたところで、ヨエルは深く息を吸い込んだ。

　自らの喉が、弦楽器になったのだと想像する。紡ぎ上げるのは、歌と呼ぶには抑揚が少なく、荘厳な調べ――神に呼びかけ、その慈悲を乞う神韻の聖句だ。

　元は聖書に刻まれた聖者の祈りの文言だが、聖職者はこれに各々独自の旋律をつけて詠唱し、神を賛美する。

　その声が美しければ美しいほど神の加護があるとされ、ヨエルのそれは神の寵愛を受けているとさえ言われていた。大教会の礼拝をヨエルが司る日には、いつもの倍以上の信徒が押し寄せたものだ。

　冬の冴《さ》えた空気に、ヨエルの詠唱が響き渡る。

「……聖者様が……」

「なんと、神々しい……」

　最後の旋律があえかに大気を震わせると、余韻に酔ったかのように、そこかしこから素朴な賛辞が漏《も》れた。マリウスが得意そうに胸を張っている。

　ヨエルは手を胸の前で組み合わせ、アイスラーに向き直った。

「猊下の要請を快く受け入れて下さった中将閣下の篤い信仰心には感服いたしました。皆様のお心が神の慈愛に満たされるよう、私も聖職者として微力を尽くす所存ですので、よろしくお願いいたします」

　建前だらけの挨拶を述べ、慈悲深く見えるよう計算し尽くした笑みを浮かべてやると、アイスラーはようやく我に返ったらしい。動揺をわざとらしい咳《せき》払いでごまかし、胸を張る。

「……畏れ多くも皇帝陛下よりこのモルト方面軍の指揮を命じられた、アイスラー中将である。司教、遠路はるばるよくぞ参った。道中、何事も無かったか？」

「ヨエル司教に対し、そのような…」

「はい、閣下」

上からの物言いに抗議しかけたマリウスを制し、ヨエルは微笑んだ。

教会の怒りを買えばまともな生活すら望めない王国と、王国から離れて新たな覇道を歩む帝国は根本的に異なる。神に対する信仰はあれど、王国と密接な関係にある教会の権威に、帝国の上級軍人、それも司令官があからさまにへりくだるわけにはいくまい。最後の最後まで渋りつつも、ヨエルの慰問を最終的には受け入れてくれただけでも重畳《ちょうじょう》というものだ。

何せヨエルは、帝国軍にとっては招かれざる客である。王国ほどではないとはいえ、帝国にも教会の信徒は存在するのだ。司教という高位の聖職者を陣に迎えておきながら、万が一にも傷を負わせでもしたら、大いに士気に関わる上に、教会の糾弾《きゅうだん》を受けるのは必定だから、ヨエルの動向には常に気を配らなければならない。このモルト基地を橋頭堡《きょうとうほ》として、すぐにでも次の王国領に攻め入りたい帝国軍にはお荷物以外の何物でもない。当然、それもまたヨエルの…教会の狙《ねら》いなのだが。

「閣下がつけて下さった護衛のおかげで、ここまでつつがなく参れました。お心配りにはお礼の言葉もありません」

「ほう、それは重畳だ」

アイスラーは上機嫌で口髭をいじった。言葉を失うほど麗しく、一見して王国人とわかる聖職者があくまで下手に出るので、自尊心がいたく満たされたようだ。士官たちが纏う空気も、僅《わず》かに柔らかくなる。

……一軍の司令官とも思えない単細胞だな。籠絡しやすくて助かるが…モルトを王国から削り取ったのは、この男一人の功績とは思えない。探りを入れるべきだ。

優しげな笑みの下で標的を冷静に観察していたヨエルは、強い視線に射抜かれ、さりげなくそちらを窺った。

アイスラーの背後に控える青年将校が、直立不動の体勢のまま、のめりこむようにヨエルを見詰めている。

三日月が刻まれた金の肩章は高級軍人である准将の階級を表すものだが、勇ましい鷹《たか》を連想させる端整な顔立ちはまだ若い。ヨエルと五歳も違わないだろう。この年代で将官まで昇進するのは貴族や名家の子弟がほとんどだが、甘やかされた空気など微塵も感じられない。

大柄な帝国人でも群を抜く長身に、帝国独特のぴったりとした軍服に浮かび上がる逞《たくま》しい肉体は猛々《たけだけ》しさと覇気に溢《あふ》れている。黒一色の常服も青年の魅力を十二分に引き立てているが、儀礼用の白の正装でも纏えば、褐色の肌に映えて、気位の高い王国貴族の令嬢もたぶらかせそうだ。

　圧倒的なまでの存在感を更に際立たせているのは、褐色の右頬に斜めに走る大きな傷跡だ。ヨエルにまっすぐ据えられた双眸が深い森を想《おも》わせる緑色で、威圧感を和らげているだけにいっそう目立つ。だが傷痕は青年の容貌を損なうどころか、年齢にそぐわぬ男らしい深みと威厳すら与えていた。

　……何だ？

　視線が合ったとたん、ぱあっと笑いかけられ、ヨエルは困惑した。青年とは今日が初対面だし、過去の仕事の相手にも帝国の軍人は居なかったはずだ。

　それに、あの笑顔はヨエルの美貌と色香に魅了された欲深くも愚かな男たちとはまるで違う。そこにあるのはただひたすら純粋な歓喜と好意、そして憧憬だ。

「では、さっそくだが紹介しておこうか。何か困ったことがあれば、この二人に頼るといい。……クレフ、ギースバッハ」

　上機嫌なアイスラーはヨエルの困惑になど気付かず、緑の目の青年と壮年の将校に呼びかける。

　まず自己紹介をしたのは、壮年の将校の方だった。

「アイスラー閣下のもとで幕僚長を務めます、クレフ大佐です」

幕僚長は参謀や兵站《へいたん》を束ね、軍を陰から支える重要な地位で、経験豊富な軍人が任じられる。おそらく、歴戦を生き抜いた叩《たた》き上げの軍人なのだろう。

次いで、緑の目の青年が表情を引き締め、軍靴を鳴らしながら進み出る。軍人の手本のような敬礼に、背後に居並ぶ士官たちは半分ほどが憧憬の眼差《まなざ》しを送り、残り半分は苦々しげに眉を顰《ひそ》める。その中には、アイスラーも含まれていた。

「リヒト＝ギースバッハ准将です。アイスラー閣下の副官を拝命しております」

わざわざファーストネームまで名乗る部下に不審そうな表情をするアイスラーなど、ヨエルの視界には入っていなかった。

――ヨエル、俺のこと絶対に忘れないで。強くなって、いつか必ず逢《あ》いに行くから。

――ああ、わかってる。約束するから泣くなよ、リヒト。

リヒトは、帝国ではありふれた名前だ。このモルト方面軍の中だけでも、捜せば何人も存在するはずである。なのに、懐かしい名を名乗る青年に、似ても似つかないはずの少年の笑顔が重なる。

「……リ、ヒト……」

無意識に口を突いた呟《つぶや》きはマリウスでさえ聞き取れないほど小さかったのに、青年は気付いてくれて嬉《うれ》しいとばかりに、緑の目を歓喜に輝かせた。

このエリウス大陸は現在、二つの大国によって支配されている。

大陸の東半分、険しい山岳地帯に囲まれた大地には、銀の髪と白い肌の民が統治する王国。そして残る西半分、肥沃《ひよく》な穀倉地帯に恵まれた大地を統治するのは、金の髪と褐色の肌の民の国――帝国である。

五百年以上の伝統を誇る王国に対し、帝国の歴史は浅い。かつて、帝国の地は王国の属国とされ、長きに亘り王国に隷属させられてきたのだ。金の髪の民は銀の髪の民、王国人によって家畜も同然に酷使され続けた。

それが百年前、大陸を大規模な流行病が襲ったのをきっかけに、金の髪の民はとうとう王国に反旗をひるがえす。

元来、屈強な肉体を持つ彼らは王国人ほど流行病の影響を受けなかったため、団結して西の大地から王国人たちを追い出した。そして、彼らの指導者を皇帝に戴《いただ》いて帝国を名乗り、王国からの独立を宣言したのである。

隷属民の一方的な独立など認められるわけがなかったが、流行病に苦しむ王国に、西の大地奪還のために派兵する余裕は無かった。数年後にようやく流行病が収束し、軍を動かしたものの、時すでに遅し。王国の動向を看破した皇帝は強力な軍隊を作り上げ、国境に防衛線を築いていた。流行病によって激減した王国軍は西の大地に攻め入ることすら叶《かな》わず、ことごとく帝国軍に蹴散らされてしまったのである。

しかし、独立を果たしたばかりの帝国とて、いかにかつての支配者が憎くとも、東の大地に攻め入る余裕は無い。賢明な皇帝は防衛戦のみにとどめ、王国に搾取《さくしゅ》され続けた国土の回復に専念した。元々、肥沃な大地に恵まれていた帝国は爆発的な発展を遂げ、瞬く間に王国と比肩するほどに成り上がる。

約百年が経《た》った現在でも、王国は帝国の独立を認めていない。あくまで西の大地は王国の一部であるとして、帝国に従属を要求している。

両国は幾度となく戦火を交えたが、互いの領土を侵すには至らず、時折国境線での戦闘を繰り返しては教会の仲裁によって休戦する、という不毛な膠着《こうちゃく》状態に陥っていた。

それがくつがえされたのは、ほんの一月ほど前。アイスラー中将率いる帝国軍が王国の防衛線を突破し、多数の死者を出しつつも、王国防衛の要衝であるモルトを攻め落としたのである。勢いに乗った帝国軍がモルトを前線基地として、王国の最終防衛線であるオーロまで落としてしまえば、王都は丸裸にされたも同然だ。屈強をもって鳴る帝国軍は、祖先の代より降り積もる恨みを晴らさんと、王国の領土を蹂躙《じゅうりん》するだろう。

進退窮《きわ》まった王国が最後に縋《すが》ったのは、教会だった。

聖者クラウディウスにより開かれた教会は、大陸全土に信者を抱え、人々の生活に深く根付いている。神に仕える聖職者は最大の敬意を払われ、その頂点たる法王ともなれば、かつては王にも匹敵する権力の主であった。王国の王は法王によって戴冠されなければ王と認められず、教会に破門されれば人間扱いさえされないのが当たり前だった。

しかし、帝国の隆盛は王国のみならず、教会にも多大な影響を与えていた。王国から分離独立した帝国は、王国が崇《あが》める教会の権威を嫌い、政《まつりごと》への介入をことごとくはねつけたのだ。

結果、帝国が生まれてから百年の間に、大陸における教会の影響力は半減した。皇帝は法王の支配下から外れた新たな国教会の設立を目論《もくろ》んでいるとも言われており、この上王国が攻め滅ぼされてしまえば、教会の権威は失墜する。教会と王国の利害は、完全に一致していた。

そこで当代の法王エーベルハルトは王国の懇願を受け容《い》れ、ヨエルをモルトに展開する帝国軍の元へ遣わしたのだ。

教会は誰に対しても平等であるのが建前なので、表向きは兵士たちの慰問だが、本当の目的は別にある。帝国軍の前線基地内部まで入り込み、機密情報を王国に流し、王国の工作兵を密《ひそ》かに引き入れ、最終的にはモルトを王国に奪還させるのだ。

モルトを奪還されれば帝国軍は撤退せざるをえなくなり、そこで教会が仲裁に乗り出せば、両国に恩を売れるばかりか、教会の権威も増強される。老獪《ろうかい》なエーベルハルトらしい策略であった。

『従者にはマリウスを付けてやる。必ずやアイスラーを誑《たら》し込み、任務を成功させて戻るのだぞ。そなたの双肩には、教会の浮沈がかかっているのだからな』

出立前夜、エーベルハルトはヨエルをそう激励した。

…確かに、今回の任務は重要だ。成功させれば、ヨエルはまず間違いなく現在の司教の上、大司教の位に昇進するだろう。老い先短いエーベルハルトを始末してしまえば、念願の法王の座は遠からず転がり込んでくるはずだ。

決して失敗は許されない。今更、過去の幻影になど惑わされている場合ではないのだ。

「ヨエル様」

将校たちの紹介を受けた後、案内された天幕に入り、持参した香草茶で喉を潤していると、隣の天幕からマリウスがやって来た。

主人と別々の天幕をあてがわれているのは、慰問という名目で滞陣する以上、ヨエルの元には悩める子羊が告解や懺悔《ざんげ》に訪れる可能性があるためだ。聖職者は信者が打ち明けた罪を何人にも暴露してはならない建前になっていた。

「どうした？　マリウス」

今日はもう遅いので、聖職者としての務めは明日以降で良いとアイスラーから言われている。疲れが抜けきらないヨエルも、仕掛けるのは明日からにして、今日はもう休むつもりでいた。

「それが…ギースバッハ准将が、ヨエル様にぜひお目通りを願いたいと仰《おお》せで」

「リ…ギースバッハ准将が？」

「天幕の外でお待ちなのですが…いかがなさいますか？」

探るように見詰めてくる従者に気取られぬよう、ヨエルは小さく息を吐いた。

緑の目は珍しいが、あの男以外に存在しないわけではない。軍人なら戦場で顔に傷を負うこともあるだろう。あの男は聖句を詠唱するヨエルに魅了され、言い寄ろうとしているだけだ。そういう輩《やから》は、過去に何人も居た。

「……お通ししろ。失礼の無いよう、丁重にな。その後は先に休んで構わない」

「…お会いになるのですか？」

「仮にもアイスラー中将に次ぐ司令部の実力者だ。あちらから近付いてきてくれるのを、むげにする必要も無いだろう？」

ちろり、と口の端をなまめかしく舐《な》め上げてみせれば、マリウスは納得したように頷いて退出した。ほどなくして天幕の入り口が持ち上げられ、マリウスよりもゆうに一回りは大きな男が入ってくる。

「ヨエル……！」

「な、……っ！」

止める間も、よける間も無かった。

深緑の双眸に涙が滲んだ瞬間、ほんの数歩で距離を詰めた男は、ヨエルを縋るように抱き締める。男の体温は冬用の布地越しにも熱く、むせかえりそうなほどの猛々しい雄の匂いを発散させていた。

「ヨエル…ヨエル、ヨエル。俺だ、リヒトだ。修道院で一緒に育った…ヨエルに助けてもらったリヒトだよ」

抱き潰《つぶ》されそうな恐怖を覚え、ヨエルは分厚い胸板を懸命に押し戻した。

「…ギースバッハ准将は、人違いをなさっておいでです。私は、閣下とお会いしたことなどありません」

「どうしてそんなことを言う？　さっきも俺だとわかったから、名前を呼んでくれたんだろう？　確かに、十三年前よりずっと成長してしまったから、信じてもらえないのも無理は無いけど……」

男は悲しげに深緑の双眸を細め、はっとしたように軍服の胸ポケットを探った。外見は成熟した大人の男そのものなのに、ヨエルに見せる仕草はどこか幼くて、その落差にどきりとさせられる。

「これ……！　これなら、俺がリヒトだと信じてくれるだろう……？」

目の前に突き出されたのは、銀鎖に小さな瑠璃石が垂れ下がったペンダントだった。とても無骨な軍人の持ち物とは思えない、華奢《きやしや》な造りだ。よく磨かれた瑠璃石の表面に、驚愕《きようがく》に目を見開いたヨエルが映し出されている。

に預けた……。

――まさか、本当にリヒトなのか？　ありえない。でもこれは確かに、かつて自分がリヒト

封じ込めたはずの遠い過去の記憶が、ヨエルの中で鮮やかによみがえった。

ヨエルが生まれたのは、王国の辺境にある名も無い小さな村だ。優しい両親の元、貧しいながらも幸せに暮らしていたが、十歳になった頃、ヨエルは全てを失った。国境線で小競《こぜ》り合《あ》いを続けていた帝国軍が、撤退間際、近くにあったヨエルの村を襲ったのだ。

村は略奪された後に焼き払われ、村人も惨《むご》たらしく殺された。たった一人、母が身を挺《てい》して庇《かば》ってくれたおかげで生き延びたヨエルは、村の近くにある修道院に引き取られることになった。

修道院は帝国領との国境付近にあり、慈悲深い院長は帝国人、王国人の分け隔てなく、戦禍で親を亡くした孤児たちを引き取り、養育していた。

ヨエルが引き取られた時、修道院には二人の帝国人の子どもが居た。リヒトとゼルギウスの双子《ふたご》の兄弟だ。金の髪に褐色の肌、典型的な帝国人の容姿を持つ兄弟は、瓜《うり》二つの整った顔立ちをしていたが、王国人の子どもたちから酷《ひど》い虐《いじ》めを受けていた。

王国人の帝国人に対する蔑視は根強く、幼い世代にまで浸透している。

加えて修道院に引き取られた王国人の子どもは、みなヨエル同様、帝国との戦で親を亡くしているのだ。彼らが帝国人の双子を憎悪の対象とするのは無理もないことであった。

院長が咎《とが》めればその時だけは虐めも止むが、ほとぼりが冷めればすぐに再開される。世話役の修道士たちも匙《さじ》を投げ、見て見ぬふりをする始末だった。

双子の兄弟とは対照的に、母親譲りのずば抜けて美しい容姿を持ち、利発だったヨエルは歓迎され、すぐに子どもたちの中心になった。誰もがヨエルの傍《そば》に居たがり、ヨエルの関心を引きたがった。

ある日、その中の数人が双子の兄弟を無理矢理引きずってきて、ヨエルの前でいたぶろうとした。そうすれば、帝国軍に村を全滅させられたヨエルの歓心を買えると思ったらしい。

『……やめろっ！』

とっさに身を投げ出し、双子を庇ったヨエルに、子どもたちは信じられないとばかりに喰《く》ってかかった。

『どうして止めるんだよ⁉　俺たちの家族は、こいつら帝国人に殺されたのに！』

『だったら、こいつらだって同じだろう！　こいつらの家族は、俺たち王国人に殺されたんだぞ！』

腹の底から叫んだヨエルに、子どもたちはあっと声を上げた。奪った相手が逆なだけで、双子はヨエルたちと全く同じ境遇なのだ。そんな当たり前のことも、ヨエルに指摘されるまで思い至らなかったのだろう。

ヨエルとて、村や両親を奪った帝国軍は憎い。けれど、それをそのまま双子にぶつけるのは絶対に間違っていることくらいわかる。

子どもたちはばつが悪そうに引き下がり、後にはヨエルと双子だけが残された。

『……おい、大丈夫か？』

双子はどちらも全身を痣《あざ》だらけにしていたが、ヨエルに呼びかけられた反応は対照的だった。涙をいっぱいに溜《た》めていた一方は目をこぼれんばかりに見開き、理不尽な暴力を呻《うめ》き声一つたてずに堪《た》えていた一方は用心深い野生の獣のようにこちらを窺っている。

瓜二つの双子は瞳の色も同じ緑だが、間近で見ると、その色合いは僅かに違った。涙を溜めた方が深い森なら、野生の獣の方は底の知れない沼底で、見詰められると沈み込まされそうな錯覚に陥ってしまいそうだ。

『あ……、ありが、とう……ありがとう……！』

泣きじゃくりながらしがみついてきたのは、深い森の目をした方だった。

嗚咽《おえつ》混じりに語るには、ヨエルにしがみついているのが双子の弟のリヒトで、ひたすらヨエルを見詰めているのが兄のゼルギウスだそうだ。感情を露《あら》わにする弟と無表情の兄は、そっくりな双子でありながら、まるで別人のように見えた。

『ありがとう、神様……ありがとう、聖者様……』

後にリヒトはこの時のことを、神が自分たちを助けるため、聖者を遣わしてくれたと思ったのだと語った。教会の創始者でもある聖者クラウディウスは神から永遠の命を与えられ、今も天の国から人々を見守っていると言われているせいだろう。

それ以降、双子の兄弟への虐めはぴたりと止んだ。ヨエルの指摘に、子どもたちも感じるところがあったのだろう。ぎこちなくだが、同じ修道院で過ごす仲間として自然に接するようになっていった。

リヒトはヨエルに最も懐き、どこへ行くにも付いて回った。ヨエルより三つ年長で、帝国人らしく背も高いリヒトだが、ヨエルの後を懸命に追いかけてくる姿はまるで仔犬《こいぬ》のようだった。うっとうしいと思ったこともある。けれど、リヒトがヨエルだけに向ける純粋な好意や賛美の眼差しは、家族を失った心の隙間を少しずつ埋めていってくれた。学業こそ苦手だが、素直で無邪気なリヒトはその名の通り太陽の光のような少年で、傍に居ると心が温《ぬく》もった。

そんな弟と、兄はどこまでも対照的だった。

周囲からの虐めが無くなれば、リヒトはよく笑うようになったのに、ゼルギウスは感情を滅多に表に出さず、ほとんど喋《しゃべ》ることも無い。まだ虐めの痛手が癒《い》えていないのかと思ったが、リヒトには否定された。

『ゼルは昔からあんなだったよ。父さんや母さんとも全然喋ったりしなかったし、ゼルが泣いたり笑ったりしたとこなんて見たこと無い。……正直、俺もゼルが何を考えてるのか、よくわからないんだ』

それでも、ゼルギウスは唯一の肉親となった弟に情があったのだろう。

『……僕も行く』

ヨエルとリヒトが連れ立っていると、必ずそう言って、石版を手に付いて来た。そして、遊びに加わるでもなく、左手に握った木炭で様々なものを書きながら、ヨエルとリヒトをじっと見詰めるのだ。

文字を眺めていると頭痛がする、という弟と違い、ゼルギウスは院長が舌を巻くほどの秀才で、難解な古典書を容易に読みこなす知能の持ち主だった。院長もよく、王都の学院に入れてやれればと嘆いていたものだ。

ゼルギウスが本当は何を考えて自分たちと共に居るのか、ヨエルにもわからない。けれど、ゼルギウスの底なし沼のような目はどこか不気味で、ヨエルはその視線を感じるたび漠然とした不安を覚えていた。

『ヨエルは聖者様にそっくりだから、きっと聖者様の生まれ変わりなんだよ。将来は聖者様みたいに綺麗《きれい》で立派な聖職者になれる』

リヒトはよく聖堂の聖者の肖像画を眺めては、無邪気にヨエルを褒め称えた。きらきら輝く緑の目に見詰められると、不安など吹き飛んでしまい、ヨエルはねだられるままに院長から習った神韻の聖句を披露してやった。

聖句は神に呼びかけ、神を賛美する詩だ。美しい聖句の詠唱は神に届き、奇跡さえ呼び寄せるとも言われ、声の良さは聖職者の必須条件でもあった。ヨエルの詠唱はいつかきっと神に届くと、リヒトは感激していた。無邪気な賛美が、ヨエルにはくすぐったくも嬉しかった。

ヨエルの運命を変える事件が起きたのは、双子の兄弟と共に過ごすようになって半年が過ぎた頃だ。

修道院を慰問に訪れた王国貴族の子息が、ヨエルの美貌に目を付け、従者にならないかと欲望も露わに誘ってきた。ヨエルがはねつけると、子息は腹立ちまぎれにヨエルのペンダントを力ずくで奪ったのだ。

かつて父が母に求婚する際に贈ったというペンダントは、ヨエルに残された両親のたった一つの形見だ。それを知る数少ない一人であるリヒトは、いつもの気弱な態度が嘘のように猛然と子息に襲いかかり、ペンダントを奪い返した。子息はヨエルの制止も聞かず、従者たちと一緒になってリヒトを激しく暴行したのである。

どれだけ痛め付けられようと、業を煮やした子息が剣を抜こうと、リヒトは決してペンダントを渡そうとはしなかった。

結局、騒ぎを聞き付けた院長の取り成しによって、子息は渋々ながらも引き下がる。

しかし、リヒトはそれから高熱を出し、床につくことになった。大勢から殴る蹴るの暴行を受けたせいで全身に酷い打撲傷を負った挙句、剣で頬を切り裂かれ、少なくない血を失ってしまったのだ。

幸いにも、骨や内臓は無事だったため、リヒトはほどなくして回復した。だが、頬を深く切り裂いた傷だけは治りきらず、リヒトに消えない傷痕を残した。

『ヨエルの宝物を守れて良かった』

全部ヨエルのせいなのに、リヒトはヨエルを一言も責めなかった。むしろ堂々と胸を張り、醜い傷痕を誇った。

『ヨエルが居なかったら、きっと俺たちはおかしくなってた。ヨエルは俺たちの心を守ってくれたんだ。だからあの時、今度は俺がヨエルの宝物を守る番だって思ったんだ』

迷いの無い笑顔は、ヨエルの心を震わせ、衝《つ》き動かした。

王国人のヨエルが、帝国人のリヒトとここまで友情を築けたのだ。王国と帝国だって、いがみ合うばかりではなくじっくり互いを知っていけば、いつかはわだかまりも解け、手を取り合えるのではないか。そうなれば戦は終わり、ヨエルやリヒトのように家族を亡くして悲しむ子どもも居なくなる。

叶うならば、自分も思い描いた平和な世界を実現させる手助けをしたい。そう願うヨエルに、願ってもない機会が訪れた。院長を通じ、法王庁から王都の大教会で学ばないかと誘いがあったのだ。

教会は帝国の台頭によってその権威を失いつつあったが、未だ大陸全土に信者を有し、大きな影響力を保っている。神の教えを学び、高位の聖職者となれば、いずれは二国の争いを完全にやめさせることが出来るかもしれない。ヨエルは一も二も無く誘いを受け容れた。

それからはとんとん拍子に話が進み、旅立ちの時はすぐにやって来た。別れを惜しみ、泣きじゃくるリヒトに、ヨエルは両親の形見のペンダントを手渡した。

『勘違いするなよ。ただ預けるだけだ。いつかまた逢ったら絶対に返してもらうから、それまでにお前も強くなっておけ』

これが今生《こんじょう》の別れではない。必ず再会するのだと言い聞かせれば、リヒトは涙を引っ込め、力強く頷いた。

『……うん。俺、強くなる。強くなって、絶対にヨエルに逢いに行くから……待っていてくれる？』

『――ああ。約束だ』

固く握手を交わす二人を、ゼルギウスはまたあの底の知れない目で見詰めていたが、話しかけてくることは無かった。弟が暴行を受けている間も、高熱に苦しんでいる間もまるで動揺せず、労《いたわ》りの言葉一つかけようとしなかったゼルギウスの心の内を最後まで理解出来ないまま、ヨエルは旅立った。いつか神の慈愛を正しく人々に届け、平和の礎になるのだと理想に燃えながら。

……愚かだった。もっとよく考えるべきだったのだ。辺境の小さな修道院で養われるただの子どもを、法王庁がわざわざ呼び寄せた本当の理由を。

愚かさの代償は、あまりに大きかった。青臭い理想は大教会に迎えられてすぐ粉々に打ち砕かれ、ヨエルは身をもって現実を知ることになった。

絶望の日々を唯一照らしてくれたのは、記憶に刻まれたリヒトの笑顔と、いつかリヒトに再会出来るかもしれないという一縷《いちる》の希望だけ。

けれど、それもまたすぐに失われてしまった。ヨエルが法王庁に捕らえられて一年が過ぎた頃、停戦状態にあった帝国と王国が再び交戦状態に陥り、信じ難い凶報がもたらされたのだ。

――修道院は帝国軍と王国軍の争いに巻き込まれ、焼け落ちた。院長を始め、修道士や子どもたちは皆殺しにされ、誰一人生き残らなかった――と。


「馬鹿な……。リヒトもあの時、死んだはずなのに……」

「…修道院が襲われた時、俺は聖堂に隠れて、一人だけ生き残ったんだよ」

呆然《ぼうぜん》と呟くヨエルの前で、ギースバッハ准将は――リヒトはペンダントをゆらゆらと揺らしてみせた。記憶にあるままの意匠は、父が母に似合うようにと職人に特注したもので、同じものは二つと存在しないといつか母が嬉しそうに言っていた。瑠璃石の嵌《は》まった台座についた小さな傷は、ヨエルが誤ってつけてしまったものだ。

間違いない。十三年前、リヒトに預けた両親の形見のペンダントだ。リヒトと同じ傷に加え、このペンダントを持つ帝国人の男は、リヒト以外ではありえない。

ヨエルの顔に理解の色が広がったのを感じたのか、リヒトは嬉しそうに笑った。ヨエルより三つ年上だから二十七歳になったはずだが、少年の時と変わらない無邪気な笑顔だ。

「院長様もゼルも、みんな殺されて…途方に暮れていたところに、帝国軍が通りがかったんだ。帝国軍は俺を保護して、帝都まで連れて行ってくれた。それから身を立てるために帝都の軍学校に入ったら、たまたま視察に訪れたギースバッハ将軍が俺を気に入って、養子にしてくれた上に、士官学校へ編入させてくれたんだ」

ギースバッハ将軍は、王国にも勇名を馳《は》せる名将だ。王国軍では悪魔のように嫌われ、帝国軍では神の如《ごと》く崇拝されている。将軍という後ろ盾があるのなら、孤児のリヒトが士官学校に入り、年齢にそぐわぬ昇進を果たせたのも頷ける。

「士官学校を卒業して軍に配属された頃、また王国との小競り合いが始まった。死に物狂いで戦ううちにどんどん昇進していって…今回、アイスラー閣下の副官としてモルト方面に派遣されることになったんだ。でも、こんなところでヨエルに再会出来るなんて…神が俺の願いを聞き入れてくれたとしか思えない」

リヒトはペンダントを絡めた手で、ヨエルの手をぎゅっと握りしめた。記憶にあるよりずっと大きく、剣だこで硬くなった手は、紛れも無い軍人のものだ。

この歳《とし》で准将の地位に上り詰めるまで、一体どれくらいの戦場を駆け抜けてきたのだろう。かつてのリヒトは、争いごとを嫌う心優しい少年だったのに。

「……神、が？」

呆然と呟けば、握り締める力はいっそう強くなった。まっすぐヨエルに据えられた緑の双眸が、かつてと同じように、熱を帯びてきらきらと輝いている。

「俺が軍人を目指したのは、上級軍人になれば、教会の要人にも対面を申し込めるからだったんだ。ヨエルはきっと、立派な聖職者になっているはずだから。ヨエルと再会してこのペンダントを返すまでは絶対に死ねないって、その一心でここまでやってきた」

「……め、ろ」

「でもまさか、司教にまでなっているとは思わなかった。きっとヨエルの優しさや心の美しさが、神に認められたんだろうな。今こうして再会出来たのも、神がヨエルを祝福している証拠で…」

「やめろ、リヒト！」

純粋な好意と賛美のこもった眼差しに耐え切れなくなり、ヨエルはリヒトの手を振り解《ほど》いた。しゃらん、とペンダントが天幕の床に落ちる音でようやく我に返り、剝《は》げ落ちかけていた司教の仮面を被《かぶ》り直す。

「……無礼をお許し下さい、ギースバッハ准将」

ヨエルは数歩後ずさり、胸のクロスに口付けた。法王エーベルハルトから下賜されたクロスの冷たさと見事な銀細工が、己の立場を思い出させてくれる。

青臭い理想に燃えていた少年、ヨエルはとうに死んだ。ここに居るのは司教という神々しいはりぼてを纏う俗物だ。

そして傷付いた表情を隠そうともしない緑の目の男は、懐かしくも慕わしい幼馴染《おさななじ》みなどではない。

「ヨエル…何を言っているんだ？」

「申し訳ありませんが、長旅で疲れております。そろそろ休まなければ明日からの務めに障りますので、お引き取りを願えませんか？」

ヨエルが天幕の出口を示すと、リヒトは信じられないとばかりに目を見開いた。その口が言葉を紡ぐより早く、外から天幕が開き、マリウスが現れる。

「ヨエル様。明日の礼拝について、伺いたいことがあるのですが…」

「ヨエル……」

縋るように絡み付いてくる視線を、ヨエルは黙殺した。

取り付くしまも無い態度と、マリウスの存在に諦めをつけたのか、やがてリヒトは小さく息を吐き、ペンダントを拾い上げた。折り目正しい敬礼をする姿は、隙の無い完璧な帝国軍人だ。

「ご滞陣中、お困りのことがおありでしたら、何なりとお命じ下さい。……ヨエル、ペンダントはまた返しに来るから」

　最後はヨエルにだけ聞こえるよう小さく付け足し、リヒトは天幕を出て行った。その後ろ姿を、マリウスは珍しく感心したように見送る。

「犬……帝国人にも、道理をわきまえた者は居るようですね。さすがは『英雄』殿」

「英雄？」

「先程、潜入させておいた我が手の者から報告があったのです。モルト陥落の立役者は、あのアイスラーなどではなく、ギースバッハ准将だったそうなのですよ」名将と誉れ高いギースバッハ将軍に、帝国の富裕な商家出身のアイスラーは昔から嫉妬《しっと》心を燃やしていた。それ故、まだ王国領だったモルトに進軍した際、副官として配属された養子のリヒトを寡兵で敵陣の真っただ中に置き去りにしたのだという。表向きはリヒトが功名心にはやり、暴走したと装って。

　そのままリヒトの部隊が全滅すれば、アイスラーの溜飲《りゅういん》は大いに下がったのだろう。だがリヒトは寡兵を活《い》かして王国軍の奥深くまで入り込み、王国軍指揮官を討ち取り、モルトを陥落させてしまった。

「今や、軍内はギースバッハ准将を英雄と崇める若い将官たちの一派と、アイスラーの取り巻きたちの一派で二分されています。アイスラーの所業を知らぬ者は居ませんから、人望という点ではギースバッハ准将の方が遥《はる》かに勝っているでしょうね」

それでさっき、リヒトに対する士官たちの反応が分かれていたわけだ。リヒトに羨望《せんぼう》の眼差しを送っていたのがリヒト派、眉を顰めていたのがアイスラー派なのだろう。

「……なるほど、な。それで、本当の用件は何だ？」

礼拝の準備など、取り立てて急ぐものではないのだから、明日でも構わないはずだ。

案の定、マリウスは小さく咳払いをし、本題を切り出す。

「ヨエル様のお声が外まで聞こえてまいりましたので、何事かあったのかと思い駆け付けたのですが…ギースバッハ准将と、面識がおありだったのですか？」

……聞かれていたのか。

ヨエルは舌打ちしたいのを堪《こら》え、平静を取り繕った。エーベルハルトの忠実な下僕にして、ヨエルの監視役でもある男に、心の乱れを悟られるのはまずい。

「…昔、修道院で一緒だった男だ」

「ヨエル様が過ごされた修道院は、戦火に焼き尽くされたはずでは？」

「一人だけ生き残ったそうだ。特に仲が良かったわけではないからすっかり忘れていたが、向こうは私のことを覚えていたらしい」

「当然でしょう。どれだけ月日が経とうと、ヨエル様を忘れる者など居りません。卑しい帝国の犬ならば尚更《なおさら》です」

とっさに口にした偽りを、マリウスは信じたようだ。顎に手をやり、愉快そうに口の端を吊《つ》り上げる。この男がこういう表情をするのは、たいていろくでもないことを考えている時だと、ヨエルは既に学んでいた。

「しかし、好都合ですね。准将は金にも女にもなびかない堅物だそうですが、それほどヨエル様に思い入れがあるのなら、容易に籠絡されそうです」

「アイスラーだけでなく、准将も堕《お》とせと？」

「このモルト方面軍を実際に動かしているのは、今やアイスラーではなく、ギースバッハ准将とクレフ大佐です。大佐はモルトを落とした准将に絶大な信頼を置いているそうですから、准将を籠絡すれば任務は格段にやりやすくなる。……『傾城《けいせい》の聖者』殿でも、昔馴染みを標的にするのは気が引けますか？」

　試すように問いかけておきながら、マリウスはヨエルの答えを求めなかった。

「そんなはずはありませんよね。法王猊下がどれほど期待なさっているか、貴方は誰よりもよくご存知なのですから」

「……当たり前だ。猊下から下された任務は、何があろうと必ず成功させる」

「そのお言葉を聞かれれば、猊下もお喜びになるでしょう」

　マリウスが意味深な笑みと共に去ってすぐ、ヨエルはどっかと椅子に腰を下ろし、髪をかきむしった。いつもならあの男の嫌味くらい軽く聞き流せるのに、妙に苛々《いらいら》としてたまらないのは、久しぶりに目の当たりにした緑の目のせいだろう。

ヨエルに突き放された時の、傷付いた表情が頭に焼き付いてしまっている。きっとリヒトは、ヨエルが自分の生存を喜び、ペンダントを受け取ってくれると信じて疑っていなかったに違いない。

「……リヒト……」

院長たちが皆殺しにされた中、一人だけ生き残り、帝国軍の重鎮に見込まれて将官にまで出世するなんて、奇跡に等しい幸運だ。

嬉しくないわけがない。けれど、素直に喜べない。苛立ちの方が遥かに勝る。自分自身に、そして十三年前と変わらない純粋な好意と賛美を向けてきた幼馴染みに。

――十三年前。大教会に到着したヨエルを迎えてくれたのは、法王エーベルハルトその人だった。大教会付属の神学校ではなく、エーベルハルトが直々に教えを授けてくれるのだと聞かされ、ヨエルは舞い上がった。王国と帝国の平和に一役買い、リヒトと再会する未来に近付いたのだと、有頂天だった。

だから、エーベルハルトの寝室に招かれても、何の疑いも持たずに応じたのだ。警戒心の欠片《かけら》も無い愚かな子どもを、エーベルハルトは寝台に押し倒し、裸に剝《む》いた。

そこからは、何もかもが悪い夢を見ているようだった。女のように犯されているのだとようやく気付いたのは、醜悪な肉塊を胎内に捻《ね》じ込まれ、エーベルハルトの精液を注ぎ込まれた時だ。無惨な蹂躙を涎《よだれ》を垂らさんばかりに見守っていたエーベルハルトの側近――教会の中枢たる大司教たちは、股間《こかん》から血の混じった老人の精液を垂れ流し、呆然自失状態のヨエルに次々と襲いかかった。

「これはそなたが教会の下僕となるための儀式だ。今後、そなたにはその美貌と身体《からだ》で教会に奉仕してもらう」

その宣言通り、エーベルハルトはヨエルを生きた性具にすべく徹底的に仕込んだ。老獪な法王は、聖者に生き写しのヨエルの美貌に目を付け、表向きは聖職者として奉職させつつも、裏側では容色を武器とする密偵として暗躍させようと目論んでいたのである。

周囲はヨエルを汚そうとする敵ばかり。いくら祈ろうと、聖句を詠唱しようと、神が助けの手を差し伸べてくれることは無い。昼間は聖職者としての教育を受け、夜は老若男女を問わずたらしこむための性技を仕込まれる。

それでもなお、ヨエルは混沌《こんとん》とした泥沼から抜け出そうと足掻《あが》いた。けれど、修道院が戦禍に巻き込まれ、リヒトも死んだと聞かされた時、この生き地獄からは決して脱出出来ないのだと思い知らされたのだ。

——どうせ抜け出せないのならば、もてあそばれるのではなく、もてあそぶ側に回ってやる。

ヨエルは理想に燃えていた愚かな自分と過去に別れを告げ、とことんまで汚泥にまみれる決意を固めた。そして二十歳になる頃には、エーベルハルトの目論見通り、優秀な密偵となっていたのだ。

気位の高い王族や貴族であろうと、清廉潔白な聖職者であろうと誰だろうと、ヨエルに色事を仕掛けられ、堕ちぬ者は居ない。聖者のように気高く神々しい美貌と、褥《しとね》で見せる媚態《びたい》との落差に眩惑《げんわく》され、魅了されてしまうのだ。

ヨエルが若くして法王と大司教に次ぐ司教の座まで上り詰めたのは、その美貌と肉体で教会にもたらした利益がそれだけ大きかった証である。

教会上層部の者たちは多くの信奉者を下僕の如く侍らせるヨエルを『傾城の聖者』と陰口を叩くが、ヨエルは歯牙にもかけていなかった。法王の密偵として過ごした日々は、ヨエルからかつての理想や熱意を根こそぎ奪い、代わりに悟りを与えたのだ。

聖句を聞き届ける神など存在しない。そして教会は、ヨエルが夢見ていたような、神の教えに従い、平和を祈る組織などではなかった。法王以下、高位聖職者たちが腐心するのは平和ではなく、いかに教区と信者を増やし、各国の政に影響力を及ぼし、多額の布施を得るかである。

ヨエル一人が足掻いたところでその流れを変えられるわけもない。ならば流れに乗って立ち回り、法王エーベルハルトたちを…自分を落とした者全てをもっと深いところへ引きずり下ろしてやるのが得策というものだ。

いずれは大司教、そして最後には法王まで上り詰める。

その記念すべき第一歩となるはずだった重要任務で、まさか失ったはずの過去と再会することになろうとは、予想だにしなかった。

「……厄介だな」

ヨエルは眉間を指先で揉《も》み込んだ。明日からのことを考えると、頭痛がしてくる。リヒトを避けるという選択肢は存在しない。アイスラーだけではなく、帝国の大物を養父に持ち、この軍の実質的な支配者でもある男を籠絡しなければ、任務達成は不可能だろう。

己の能力に不安があるわけではない。誰であろうと…たとえば帝国の皇帝だろうと、他の下僕たちのように、ヨエルの足元に跪《ひざまず》き、爪先を舐めさせて欲しいと懇願させる自信はある。

問題なのは――。

「……あいつ、全然変わってなかった」

身体はどれだけ逞しく成長しても、リヒトの笑顔は昔と同じ、太陽のように眩《まぶ》しいものだった。緑の目には年齢相応の深みや軍人としての鋭さこそ加われど、権力の座に在る者特有の驕《おご》りや濁りは無かった。

修道院に居た頃は武術も学業もからきしだったが、運命に翻弄された末とはいえ、将官にまで昇進したのだ。軍人としての才覚と器があったということだろう。

立派な養父まで得て、帝国では何不自由の無い暮らしを送ってきただろうに、リヒトはヨエルとの約束を忘れてはいなかった。平和を願うヨエルの信仰心が認められ、司教の座まで押し上げられたと信じているに違いない。リヒトの中では、ヨエルは聖者のように身も心も美しい少年のままなのだ。

……そんな人間は、もうどこにも居ないというのに。

純粋な好意と羨望だけを湛《たた》えた緑の目を思い出すと、妙な苛立ちが湧き上がり、胸の奥に重苦しいものが渦巻く。その正体を悟ってしまえば、いっそう苛立ちが募るという悪循環だ。

こういう時にはさっさと眠り、意識を切り替えるに限る。ヨエルは手早く着替えを済ませ、簡易寝台に潜り込んだ。

ランプの仄《ほの》かな灯《あか》りに照らされた空間は、大教会で与えられている私室よりは遥かに狭いが、ヨエル一人が過ごすには充分な広さだ。書き物用の机や書棚も揃《そろ》っている。片隅には小さな椅子が二脚と、テーブルが置かれていた。帳《とばり》で周りを囲ってしまえば、簡易の告解室になる仕組みであろう。陣中には似つかわしくない心安らぐ香りの源は、寝台の上に吊るされた乾燥香草の束だ。

招かれざる客に、アイスラーがここまでの気遣いをするわけがない。采配を振ったのはきっとリヒトだ。慰問に訪れる司教の名を聞いて、もしや再会を約束した幼馴染みではないかと希望を抱いたのだろうか。嬉しそうに準備を整えるリヒトを想像すると、さっきとは違う感情が胸に渦巻いた。

行軍用とは思えないほど柔らかなマットに、幾枚も重ねられた厚手の毛布は上級士官用のものだろう。天幕と絨毯《じゅうたん》が冷気を遮断してくれるおかげで寒さは少しも感じない。旅の疲れのせいか、身体が温まるとすぐに眠気が押し寄せてくる。

払い落とされたペンダントを拾い、すごすごと去っていったリヒトは、眠れぬ夜を過ごしているのだろうか。

懐かしい緑の双眸を思い出しているうちに、ヨエルはすとんと眠りに落ちた。


眠りから覚めると、ランプの油の切れた空間は薄暗かった。まだ夜が明けきっていないようだ。王都の大教会なら下働きしか起きていない刻限だが、天幕の外からは大勢の人間が忙しく動き回る気配や、野太い掛け声が聞こえてくる。

マリウスもまだ隣の天幕で眠っているだろう。寝直す気にもなれず、ヨエルは聖職者の平服である上下に分かれた詰襟の聖衣に着替えた。

「おはようございます、ヨエル司教様」

そっと外に出てすぐ、警備についていた兵士がサーベルの柄《つか》から手を外し、屈託無く笑いかけてきた。この基地の中で、ヨエルに友好的な帝国軍人は一人だけだ。言葉遣いが丁寧なのは、他にも数名の警備兵たちが居るからだろう。

「リ……ギースバッハ准将？　どうして、こんなところにいらっしゃるのですか？」

「司教様の警護に当たっておりました。責任者は私ですから」

こともなげにリヒトは言うが、実際の警護は将官ではなく、配下の兵士の務めだろう。その証拠に、他の警備兵たちは雲の上の存在に堂々と交じられて、すっかり恐縮してしまっている。

「国境線までお迎えに上がるのは無理でしたが、これからは朝も夜も私が責任を持って司教様をお守りします。司教様におかれましては、心置きなくお務めを果たされて下さい」

「…もしや、ギースバッハ准将は昨夜からずっとここにいらしたのですか?」

「当然です。司教様の御身に何事かあっては、取り返しがつきませんから」

平然と返され、ヨエルは頭を抱えたくなった。リヒトは仮にもアイスラーの副官なのだから、不寝番を務める暇など無いだろうに。

「ところで、外に何か御用でしたか？　朝食でしたら、簡単なもので良ければすぐにご用意出来ますが」

ヨエルの苦悩などまるで気付かぬリヒトに問われ、ヨエルは首を振った。

「いえ、ただ早く目が覚めてしまったものですから、気分転換に散歩でもと思っただけなのですが…まずかったでしょうか?」

「構いません…と申し上げたいところですが、軍規上、軍属ではない者に一人で基地内を歩き回らせるわけにはいかないのです。窮屈でしょうが、必ず軍の者を同行させて頂くことになります。従者の方にも、兵士を一人つけました」

「そうですか。でしたら私も……」

マリウスにつけられたのは、おそらく先行して潜入していたマリウスの配下だろう。リヒトの背後で固まる兵士から御しやすそうな者を見繕おうとしたら、その前にリヒトがまた予想外のことを言い出した。

「当然、司教様には私が付かせて頂きます。私が任務でお傍を離れる間は、このフランツ少尉にお声をかけて下さい」

リヒトに促され、進み出たヨエルと同年代の青年が緊張の面持ちで敬礼をする。

「フランツはこう見えて、私の直属の部下でも一、二を争う剣の使い手です。私の代わりに司教様をお守りするでしょう」

「勿体無《もったいな》いお言葉です、准将閣下。司教様の御身は、我が命に代えてもお守りします」

誇らしげに胸を張るフランツは、リヒトに誉《ほ》められたのが嬉しくて仕方が無いらしい。他の兵士たちは、そんなフランツに羨望の視線を送っている。

リヒトがモルトを落とした英雄として崇められているというのは、誇張ではないようだ。

朝食の準備に追われる補給隊や衛生隊の兵士たちさえ、リヒトの姿に気付くと、足を止めて遠くからじっとリヒトを見詰めている。

胸の奥で、昨夜からわだかまって消えない重苦しいものがうごめいた。反射的に天幕へ引っ込もうとしたヨエルを、リヒトが誘う。

「では、参りましょうか」

「……え？」

「気分転換をなさりたいのでしょう？　ぴったりの場所を存じておりますので、陣内を簡単にご案内しがてらお連れいたします」

散歩に出たいと言い出した手前、強く拒むわけにもいかず、ヨエルは渋々歩き出した。

まだ人影もまばらな陣内を歩きながら、リヒトは基地について説明してくれる。引き締まった腰には飾り気の無い鞘《さや》に収まった大振りのサーベルが下げられているが、金属音はおろか、足音すらたてない。

「このモルト基地は、西端をニル川に接し、北方と東方を山岳地帯に囲まれています」

三方を山と川に囲まれたモルトは、守るに易《やす》く攻めるに難い天然の要塞で、長年王国の支配下にあった。陣内には士官の宿舎だったとおぼしき王国風の建物が点在しているが、激しい戦闘に巻き込まれたのか、どれも無惨に焼け焦げ、壁や天井も崩れ落ちてしまっている。

帝国軍が宿舎を再利用せず、天幕を張って過ごしているのは、そのせいだろう。新たな宿舎の建築が始まっていないのは、その分の兵力を王国領侵略に回すためか。ヨエルは目にした光景をしっかりと脳に焼き付けていく。

「司教様の天幕から見て、北側の最奥にあるのがアイスラー司令官の天幕です。その両側にそれぞれ私と、クレフ大佐が詰めております。士官は更にその手前から、騎兵と歩兵に分かれて……」

一通りの施設を案内されてから導かれたのは、基地の外れにある小さな泉だった。天然のものらしいが、縁に石が積み上げられていたり、簡易のベンチが置かれていたりと、明らかに人の手が加えられている。

「……っ」

泉の中央に佇《たたず》む人影を発見し、思わず息を呑《の》むヨエルだったが、近付いてみればそれは精巧な造りの白い石像だ。

手を祈りの形に組み合わせ、瞼《まぶた》を閉ざした聖者は、微笑んでいるようにも、人々の争いを嘆いているようにも見える。陣中にあるのが似つかわしくない、名人が精魂込めて彫り上げた芸術品である。

「以前駐屯していた王国軍の司令官が、わざわざ王都の職人に造らせたものらしいよ。こんなところに清水が湧いたのは聖者の慈悲に違いないからって。その割には幹部以外の立ち入りを禁じて、自分たちだけの憩いの場にしていたようだけどね」

砕けた言葉遣いに、はっとして顔を上げる。そこに居るのはフランツたちの憧憬の的だった若く有能な将官ではなく、傷の刻まれた顔を無邪気に綻《ほころ》ばせる幼馴染みだった。ヨエルだけを映す緑の目は昔と同じ純粋な好意を滲ませているが、まるで違うものに感じたのは、リヒトの目線が随分と高くなっているせいだろうか。

「水源にするには邪魔だし、王国軍の残したものだから、アイスラー司令官は像を撤去しようとしたんだ。でも俺が反対して、残してもらった」

「……何故ですか？」

「ヨエルに似ていたから」

リヒトははにかむように笑い、ヨエルをベンチに座らせると、その足元に跪いた。

長い上着の裾をそっと持ち上げ、口付ける。信徒の誰もが行う、聖職者に対する親愛を示す行為だ。じかに触れられたわけでもないのに、ヨエルは何故か昨夜の抱擁《ほうよう》を思い出した。

「俺は、ヨエルにまた逢うためだけに生きてきた。ここで死んだらもうヨエルに逢えない、絶対にヨエルにペンダントを返すんだって、その一心で戦って…気が付いたら、モルトを落としていた。だから、初めてここを見付けた時…神が俺を憐《あわ》れんでくれたのかと思ったんだ。だってこの像は、俺がずっと思い描いていた、成長したヨエルの姿にそっくりだったから。毎日ここに来て、神に祈りを捧《ささ》げながら、ヨエルに逢いたいと…それだけを考えて…」

大きな手が、聖衣の裾をきゅっと握り締めた。

聖者の石像には、うっすらとだが人間の指先の形をした褐色の染みが幾つも滲んでいる。血の乾いた跡だ。

アイスラーの謀略によって敵陣に取り残され、死に物狂いで戦って奇跡的な勝利を得たリヒトは、返り血にまみれながらも聖者に――否、記憶の中のヨエルに縋っていたのだろうか。

「ギースバッハ准将…」

「リヒトだよ、ヨエル。俺の名前を呼んで。でないと俺は……俺でいられないから」

俯《うつむ》いているせいでリヒトの顔は見えないが、裾を掴《つか》んだ手は小刻みに震えている。遠い昔、虐めから助けられた時のリヒトそのままに。

「……リヒト」

ぽろりと零《こぼ》してしまった瞬間、ヨエルは後悔したが、遅すぎた。弾《はじ》かれたように顔を上げ、限界まで見開いたリヒトの双眸から、一筋の涙が溢れる。

「ヨエル……ヨエル、ヨエル……！」

リヒトは地面に這《は》いつくばり、革靴に包まれたヨエルの足に額を擦《こす》り付けた。まるで神に許しを乞う罪人のように。

「俺が今……、どんなに嬉しいか、わかる……？」

厚い革越しにも、吹きかけられる吐息が熱く感じられる。振り解こうにも、リヒトがしっかりとヨエルの足を摑んでいるせいで叶わない。

「ヨエルが俺を呼んでくれるから…俺は、俺でいられるんだ……」

「……は、なせ……っ」

人望篤い英雄にこんな真似《まね》をさせているところを目撃されたら、ヨエルの印象は地に落ち、任務に多大な支障が出てしまう。

「放さない。……放せるわけないだろ。ずっと、こうするために生きてきたんだから…！」

リヒトは高い鼻梁《びりょう》を靴にぐりぐりと押し付けた。

「ヨエルは、あんな石像よりも……俺の想像なんかよりも遥かに綺麗になった。聖句を詠唱するヨエルに、聖者様がいらしたんだって、皆見惚《みと》れてたよ。俺もそう思った。でもきっと、聖者様よりもヨエルの方がずっと綺麗だ。だってヨエルは、身体だけじゃなく心も綺麗なんだから」

――伯爵は随分とそなたを気に入ったようだ。言い値の布施を寄進するから、しばらくそなたを自由にさせて欲しいと、あちらから申し入れてきおったわ。

熱に浮かされたようなリヒトの声に、エーベルハルトの悦に入った声が重なった。

あれは確か、十四歳で初めての任務についた時のことだ。送り込まれた先は温厚かつ信心深い人柄で有名な伯爵の元だったが、伯爵は少年を嬲《なぶ》るのをことのほか好む性癖の主で、ヨエルは半月もの間、暴力にも等しい伯爵の愛撫《あいぶ》を受け続けた。引き換えに教会は伯爵から莫大《ばくだい》な布施を受け取り、伯爵領には絢爛《けんらん》豪華な聖堂が建てられた。

「ヨエルが強くなれって言ったから、俺は強くなった。こうして再会出来た以上、俺はもう絶対にヨエルの傍を離れない」

力強い宣言が、とうに風化したはずの記憶を次々と鮮やかによみがえらせていく。

任務の無い間は、清めと称してエーベルハルトや大司教たちに犯されるのが常だった。初めて犯されてから数年間、男の精液にまみれない日はほとんど無かった。

体調を崩して伏せっていようと、欲望にぎらついた男たちはお構いなしにヨエルの身体に群がった。

硬く未熟だった身体は、ヨエルの意志に反し、どんどん男の欲望を煽《あお》り立てる色香を帯びていって……。

「ヨエルは俺の神で、俺の聖者だ。どんなものからもヨエルを守ってみせる。だからヨエル、これを…」

リヒトはようやくヨエルの足を解放し、胸ポケットを探った。取り出されたペンダントを握らされそうになった瞬間、ヨエルの中で何かが弾け、ヨエルは渾身《こんしん》の力でリヒトの腹に蹴りを入れる。

「…っ、あっ…！」

だが、面食らい、姿勢を崩したのはヨエルの方だった。膝頭を容赦無く突き込んでやったのに、リヒトの硬い腹筋は渾身の蹴りもあっさりとはね返してしまったのだ。

「く……」

リヒトを蹴り付けた足がずきずきと痛みを訴える。眉を顰めるヨエルの足元に、リヒトはすまなそうな表情で跪いた。

「大丈夫？　駄目だよ、俺の腹なんか蹴ったら怪我《けが》するから。ヨエルは昔と変わらず華奢で細くて繊細だけど、俺はそれなりに鍛えてるんだし」

「…………」

「挫《くじ》いてたらいけない。待っていて、すぐに冷やすから」

「…待て、リヒト」

ヨエルが引き止めると、手巾を泉に浸そうとしていたリヒトはきょとんとした顔で振り返った。

ヨエルを信じて疑わない…酷いことなど絶対にされないと確信している緑の双眸が懐かしくて、可愛らしくて、それ以上に苛立たしくてたまらない。真実を洗いざらいぶちまけて、失望に歪《ゆが》ませてやりたくなる。

「……ヨエル？」

「私はもう、ペンダントを受け取るつもりは無い。捨てるなり売り払うなり、好きに処分してくれて構わない」

「そんな……！」

黒の軍服が土で汚れるのも構わず、リヒトはヨエルの足元まですさまじい勢いで這いずってきた。まるで、背を向けて去ろうとする主人を追いかける忠実な犬のように。

「どうしてそんな酷いことを言う!?　昨日から、ヨエルは変だ…やっと再会出来たのに、俺はヨエルと同じ空気を吸っていると思うだけで興奮してたまらなかったのに、ヨエルは俺と逢えて嬉しくない？　……喜んでくれないの!?」

「お前が生きていてくれたことは嬉しいと思う。だが私は、昔の私ではないんだ。お前と馴れ合うつもりは無い」

ヨエルの両の爪先をぎゅっと握り締めたリヒトが、嬉しいと言われて頬を上気させたかと思えば、馴れ合うつもりは無いと言われて青褪《あおざ》める。

ヨエルの一言で面白いくらい変化する表情を見詰めていると、薄暗い快感と理性が胸の中で荒れ狂うのを感じた。

リヒトは堕とすべき標的の一人だ。私も逢いたかったと再会を喜んでやれば、感激したリヒトに付け入るのは容易だろう。ヨエルに対する憧憬を雄の欲望と衝動に転化させ、傀儡《かいらい》にするのだって難しくはない。

「こんなふうにお前と話すのもこれが最後だ。…放してくれ、リヒト。そろそろ朝の礼拝の支度をしなければならない」

なのに何故、ヨエルは理性に逆らって冷たくリヒトを拒絶しているのか。絶望を浮かべた緑の双眸に、胸がすくような想いを感じているのか。

幼馴染みが九死に一生を得たことも喜ばない、薄情な男などさっさと見限ってくれればいい。ヨエルと双子の兄しか味方の居なかった修道院時代と違い、今のリヒトには慕ってくれる部下や期待をかけてくれる養父まで居るのだ。ヨエルになど構わず、日の当たる道を行けばいい。そうすればヨエルはいつものようにただ淡々と任務を遂行出来る。

だが、ヨエルの密かな願いは叶わなかった。

「ヨエル……大教会で、何かあった？」

「……っ？」

ついさっきまで絶望していたはずのリヒトが、気遣わしげにヨエルを見上げていた。緑の双眸に浮かぶのはヨエルが願った嫌悪でも軽蔑でもなく、純粋な心配だ。

「優しいヨエルが、何の理由も無くそんなことを言うわけがない。教えてくれ、ヨエル。ヨエルの憂いを払うためなら、俺は何でもする」

――そなたに味方など居ない。そなたはただその美貌で、男を銜《くわ》え込み、たぶらかす性具であれば良い。

「……放せっ！　私は、お前なんか要らない！」

再び聞こえてきたエーベルハルトの声が引き金だった。胸にどろどろと渦巻いていた黒い感情が溢れ、ヨエルは爪先に縋る男を思い切り蹴り飛ばしていた。

さすがにこれは予想外だったのか、リヒトはまともに喰らうが、常人ならば倒れ込んでもおかしくないものを、地面に片手をついただけで堪えてしまう。

「ヨエル……」

蹴りの痛手など微塵も受けず、この期に及んでなおヨエルを心配そうに見詰める緑の双眸が、黒い感情に火を点《つ》けた。

昔のヨエルなどもうどこにも居ないと言っているのに、ヨエルがどんなふうに生きてきたのかも知らないくせに、どうしてヨエルを聖者などと称えられるのだろう。聖衣を纏いながら、無抵抗の男を激情のまま蹴り続けるヨエルなど聖者どころか悪魔にしか見えないだろうに、どうして恍惚《こうこつ》とした表情を浮かべていられるのだろう。

飛来した鳥が泉の魚を捕獲する音で我に返った時、肩で息をするほど熱くなった身体が一気に冷めた。

リヒトに怪我《けが》は無いようだが、法王に派遣された司教が上級軍人に暴力を振るうなど、前代未聞の不祥事だ。もしもリヒトが部下を呼べば、営倉に送られるまではいかずとも、基地からの退去は避けられまい。

任務失敗の一言が、ずしりと肩にのしかかった。

どうしてこんな失態を犯してしまったのか。惑乱するヨエルに、リヒトは優しげに微笑みかけてきた。

「赤くなってる。俺なんか蹴ったら駄目だって言ったのに」

「…リ、リヒト？」

「ああ…でも、ヨエル…嬉しいよ。初めて、ヨエルから俺に触ってくれた…」

背筋を悪寒が這い上がったのは、うっとりと細められた緑の双眸に、底の知れない何かが宿ったように見えたせいだ。

だが、それも束の間。ずっと握り締めていたペンダントをかざし、瑠璃石に唇を寄せるリヒトは、いつもの無邪気な笑みを浮かべていた。ヨエルの瞳と同じ色の石に口付けられると、まるで自分が口付けられているような錯覚に陥る。

「…今は、何も言えなくても構わない。ヨエルが望むなら、何も聞かない」

呆然とするヨエルの前で、リヒトはペンダントを丁寧にポケットへ戻し、やおら立ち上がった。穏やかだが緊張感のある表情は、紛れも無い軍人のそれだ。

「でも、忘れないで欲しい。何があっても、俺はヨエルの味方だ。ヨエルを守るためなら何でもするから……それだけは、忘れないで」


ヨエルが基地に到着してから七日目。陣中とは思えないほど豪華な寝台では、たるんだ腹や萎《な》えた一物を剝《む》き出しにしたアイスラーが大きないびきをかきながら満たされた寝顔で眠っている。部下たちには絶対に見せられないていたらくだ。

ことに及ぶ前、ワインに仕込んでおいた薬がよく効いているようだ。しつこくされたら厄介だから一服盛ったのだが、どうやら必要無かったらしい。手練《てだ》れの娼婦《しょうふ》を数人同時に相手にしたこともあると豪語していたアイスラーは、ヨエルの白い肌を撫《な》で回し、ヨエルに一物を愛撫《あいぶ》されただけで昇天してしまったのだから。

拍子抜けしたヨエルだが、後で適当に誉《ほ》めてやれば、アイスラーは自分がヨエルを満足させたとあっさり信じるだろう。一軍の将を任されているのが信じられないくらい単純な男なのだ。マリウスの配下によれば、モルトを落とすまで、このモルト方面軍は帝国軍内でもさほど重きを置かれていなかったそうだから、仕方が無いのかもしれないが。

アイスラーを誑《たら》し込むのはとても簡単だった。ヨエルが仕掛けるまでもなく、アイスラーの方からヨエルの天幕を訪れてきたのだ。

表向きはこれまでに犯してきた罪を告解したいということだったが、アイスラーの濁った目には隠しようもない欲望がぎらついていて、ヨエルが隙を作ってやればすぐに喰《く》い付いてきた。飢えた獣にすぐに餌を与えるような真似《まね》はしない。かわして焦《じ》らして、アイスラーが辛抱たまらなくなった絶妙の頃合を見計らい、ようやく素肌に触れさせてやったのが今日だ。

ヨエルの胎内に入るまではもたなかったが、アイスラーはヨエルの白い肌を存分に堪能《たんのう》した。慣れぬ土地で過ごしているせいで痛むと弱ったふりをして訴えれば、ヨエルの足先さえも喜んで舐《な》め回した。

僅《わず》か七日間で、ヨエルは基地の最高司令官を着実に我が手に堕《お》としつつあった。上々の首尾だ。エーベルハルトからも、マリウスを通じてお褒めの言葉を頂戴している。腐っても指揮官だ。これから先、アイスラーはヨエルに求められるまま、機密情報を嬉々《きき》として漏《も》らす優秀な情報源になってくれるだろう。

濡《ぬ》らした布で簡単に身体《からだ》を清めると、ヨエルはアイスラーには一瞥《いちべつ》もくれずに外に出た。アイスラーの宿舎は、王国軍が残していった中でも比較的損傷の少なかった建物を修復したもので、天幕より遥《はる》かに防音性に優れているのはありがたかった。行為の時の声でも聞かれ、標的以外の者たちにまでそういう対象として見られるのは避けたい。ヨエルはあくまで、前線で戦う兵士たちを慰問に訪れた慈悲深い司教なのだから。

「司教様、お勤めご苦労様です。天幕までお供いたします」

警戒態勢で直立していたフランツが、びしりと敬礼した。ヨエルが宿舎に入ってから二時間ほど経過しているはずだが、その間ずっとここで待機していたようだ。

「…フランツ少尉、何度も申し上げましたが、私などのために少尉のお時間を割いて頂くのは申し訳ありません。護衛なら、他の方にお願いすれば…」

基地にはマリウスの息がかかった下士官が何人か存在する。見張り兼護衛役をフランツから彼らに交代させられれば、ヨエルも随分と動きやすくなるのだが、何度さりげなく訴えてもフランツの返答は変わらない。この七日間というもの、リヒトが傍《そば》に居られない間は、フランツが常にヨエルの護衛についている。

「いえっ！　司教様をお守りするのが、ギースバッハ准将閣下より下された命令です。それより優先すべき任務など、小官には存在しませんので」

今日もフランツはそう言って、褐色の頬を僅かに赤らめた。その目は純粋な子どものようにきらきらと輝いている。

「小官のことまでご配慮下さるとは、准将閣下がおっしゃった通り、司教様は聖者の如《ごと》く慈悲深い御方でいらっしゃいます。准将閣下が心酔されるのも無理は無い。司教様に万が一のことがあれば、小官は准将閣下に顔向けが出来ません」

「……そうですか」

慈悲深そうな笑みの裏側で、ヨエルは内心、舌打ちをしていた。リヒトに絶対的な信頼を抱き、リヒトの言い分をそのまま信じ込んでいるフランツが、リヒトに重なってどうしようもなく苛《いら》々《いら》させられる。

普通、さして信心深くもない司令官が美貌の聖職者を何時間も宿舎に引っ張り込んでいれば、中で何が行われているか察しがつきそうなものなのに、ヨエルに向けられる眼差《まなざ》しは初日と少しも変わらないのだ。

それが決してヨエルの手管によるものではないことが、苛立ちに拍車をかける。

「ヨエル司教様！」

フランツと並んで自分の天幕に戻る途中、嫌というほど馴染《なじ》んでしまった声が呼びかけてきた。足音もたてずに駆け寄ってきたリヒトに、フランツは凛《り》々《り》しい顔を綻《ほころ》ばせて敬礼する。

「准将閣下。ちょうど今、司教様を天幕までお送りするところでした」

「ご苦労、フランツ。ここからは私が司教様をお守りする。お前は任務に戻れ」

「はっ！」

フランツがきびきびとした動きで走り去ると、リヒトは跪《ひざまず》き、ヨエルの聖衣の裾にそっと口付けた。周囲には何人もの帝国軍人たちが行き交っているが、誰も驚いたりはしていない。この七日間で、すっかり見慣れた光景になってしまったのだ。

「お傍を離れて申し訳ありませんでした、司教様。本日はこれよりお休みになるまでの間、私が護衛につかせて頂きますので、ご安心下さい」

「…ですがギースバッハ准将、准将には大切な任務がおありです。くどいようですが、私の護衛など、他の方にお任せ頂ければ…」

「ご心配を頂き、ありがとうございます。ですが、本日の私の任務はクレフ大佐に引き継いでありますので、ご心配には及びません」

リヒトと共に行動していたのか、自分の天幕に入ろうとしていたクレフがヨエルの視線に気付き、黙礼してくる。滅多に感情を表に出さない男だが、遠目にも苦笑しているように見えたのは気のせいではあるまい。

フランツといいクレフといい、この七日間、リヒトが自ら主人を慕う忠犬のようにヨエルに付いて回っていても、誰も咎《とが》めない。

モルトは帝国が長年奪取を切望しながら、どうしても王国から削り取れなかった要衝だ。帝国の悲願をほぼ単独で達成した若き英雄は、それだけ人望を集めているのだと思うと、ヨエルの中でまたあの暗く黒い感情がどろどろとうごめく。

「ヨエル……、ヨエル……」

ヨエルの複雑な心中など知るよしもない男は、天幕に辿《たど》り着くなり跪き、靴先に口付けた。

「無事で良かった。午前中はずっと、アイスラー閣下の元に居たのか？」

「……ああ」

「そうか。きっとアイスラー閣下も、ヨエルのおかげで神の慈愛に目覚めたんだろうな。気分の上下が激しい方だったんだが、最近はずいぶんと当たりが柔らかくなって、部下たちも喜んでいる。さすが俺の聖者だ」

うっとりと見上げてくる緑の双眸《そうぼう》には、七日前と同じ純粋な光が宿っている。

七日前にヨエルから受けた暴行を、リヒトは誰にも洩《も》らさなかった。それどころか、率先してヨエルの護衛を務め、どこに行くにも付いて回った。まるでかつての修道院での日々を、思い出させようとでもするかのように。

フランツが代理を任されるのは、どうしてもリヒトが出席しなければならない教練や軍議などの間だけだ。おかげでアイスラーを誑し込む時間がなかなか取れなくて、苦労させられた。

「ヨエルの聖句を聞けば、どんな悪人でも己の罪を悔いて、改心するに違いない。ヨエルは神が再びこの世に遣わされた聖者なんだから……」

革靴に頬擦りをする男を思い切り殴り飛ばしてやりたいが、七日前と同じ過《あやま》ちを繰り返すわけにはいかない。リヒトもまた、アイスラー同様、堕とすべき標的なのだから。

理性ではわかっていても、暗い感情が渦巻くのは止められない。

アイスラーがああも簡単に堕ち、やたらと上機嫌なのは、リヒトが心酔しているヨエルを褥《しとね》に引き込めたからだ。フランツがヨエルの行動に不審を抱かないのも、崇拝するリヒトがヨエルを賛美してやまないからである。

一度、リヒトについて尋ねてみたら、フランツは目を輝かせ、いかにリヒトが優れた指揮官であるか、公正かつ寛大な上官で部下から慕われているかを、言葉を尽くして説明してくれた。いつものヨエルなら、おかげで任務がはかどったとほくそ笑んでいるものを――。

「そろそろ夕べの礼拝だろう? 俺も手伝うよ。今日もきっと、ヨエルの説教を聞きに大勢が押しかけるだろうから」

きっとこの、揺るぎない無垢《むく》な眼差しがいけないのだろう。緑の双眸に映し込まれたヨエルは、修道院で青臭い理想を語っていた少年のままなのだ。大教会に引き取られたヨエルが、法王の薫陶《くんとう》を受けて敬虔《けいけん》な神の使徒として成長し、その証《あかし》として司教の位を授けられたのだと信じている。

だから、アイスラーに頼み込まれて個人的に説教をしている、などという説明を疑いもしないのだ。どれだけそっけなくあしらわれようと、七日前の宣言通り、何があったのかと尋ねたりもしない。それでいて、ヨエルが自分から話しだしてくれるのを待つ雰囲気を常に漂わせているのだ。

真実をぶちまけてやりたい誘惑にかられたのは、一度や二度ではない。どうにか思いとどまったのは、勘違いさせておいた方が任務には好都合だからだ。

リヒトは今、つれない態度を取り続けるヨエルが気になってどうしようもない状態である。焦らしに焦らしてから、『お前があまりに立派になっていたから近寄り難かった』とでも告げてしなだれかかってやれば、金にも女にも興味を示さない高潔な英雄殿も揺らぐはずだ。そこを一気に攻めて、誑し込む。そう、いつものように。

我に返ってヨエルの真実の姿を知れば、リヒトは失望し、もう二度とあの純粋な眼差しなど向けなくなるだろう。幼馴染《おさなな じ》みに対する思慕は、嫌悪と軽蔑に変化する。ヨエルから離れたくなっても、ヨエルの身体を貪《むさぼ》った後では逃げられない。

その瞬間がもうすぐ訪れると思えば、胸に巣食った黒い感情も抑えておける。

「……これは？」

心のざわつきが治まれば、書き物机に目が留まった。積み上げられた本の横に、今朝までは無かった数輪の白百合《しらゆり》が飾られている。乾燥させた薬草などならともかく、基地において生花は非常に珍しい。

「さっき泉に行ったら咲いていたんだ」

天幕の外に出ようとしていたリヒトが、どこか誇らしげな笑みを浮かべて振り返った。その腕に抱えられている何十冊もの冊子は、聖者の教えを記した聖句集だ。兵士たちに貸し出すため、ヨエルが持ち込んだものである。

「…泉に？　でも、今は百合の季節ではないはずなのに…」

「きっと神がヨエルのために咲かせたんだよ。ヨエルが来る前も毎日行っていたけど、今まで百合が咲いたことなんて無かったから。危険もかえりみずに聖者の教えを伝えようとするヨエルの心を、神がお喜びなんだと思って摘んできた」

リヒトは聖句集を書き物机に置くと、白百合を一本花瓶《かびん》から抜き取り、ヨエルの髪に挿した。優しく細められた緑の双眸に映るヨエルは、予想外の行動にぽかんとしている。

「ああ、やっぱりヨエルには白い花がよく似合うな。…昔からそう思ってた。修道院の裏手の山にも、白百合が群生していたのを覚えている？　毎年、夏になると山裾が白く見えるくらいに咲いて…その中に佇《たたず》むヨエルは、聖者のように気高く神々しいのに、貴族のお姫様のように美しく清らかで、ヨエルの周りだけ光り輝いているみたいだった。俺はその光景を見るたび、ヨエルは神が遣わした聖者に違いないって…ヨエルと一緒に過ごせる幸運を噛《か》み締めて、浮かれていた」

言われてみれば、確かに修道院の裏手の山には不思議と白百合がよく生えた。白百合は神が聖者のために咲かせた花だと言われているから、祭壇に飾るため、山まで白百合を摘みに行くのが子どもたちの夏の仕事だった。

暑い中、離れた山まで歩くのは子どもの足には少々きついので誰もやりたがらないのだが、リヒトは何故《なぜ》か進んで引き受け、ヨエルも頼み込まれてゼルギウス共々同行するはめになっていた。どうしてわざわざきつい仕事を引き受けるのかと不思議に思っていたが、そんな理由だったのか。

真夏の強い日差しを背に受け、摘んだ白百合を差し出す少年の姿を思い出した。あの時、ヨエルは男が花をもらったって嬉《うれ》しくないとぼやきつつも、内心満更ではなかった気がする。彼がヨエルにそんなことをするのは、とても珍しかったから――。

「……あれ、は？」

ふと、何かが引っ掛かった。記憶の中で、白百合を差し出しているのは間違いなく少年だった目の前の男なのに、小骨が喉に刺さったような違和感を覚えるのだ。

「ヨエル？　どうかしたのか？　気分でも悪いのか？」

「…いや、何でもない。大丈夫だ」

ヨエルは首を振り、小さな違和感を追い払った。今は、ささいなことに気を取られている場合ではない。

「なら良《い》いが…環境が変わると体調を崩しやすい。軍医には話を通してあるから、つらかったらすぐ相談してくれ」

「…ああ。ありがとう」

うわべだけの礼にもリヒトは嬉しそうに笑い、今度こそ聖句集を抱えて天幕から出て行った。

鍛え上げられた腰に将官の証でもある紋入りのサーベルが下がっているのを見て、今更ながらに思い出す。リヒトとゼルギウスは見た目だけはそっくりな双子《ふたご》だったが、決定的に違うところがあった。リヒトは右利きで、ゼルギウスは左利きだったのだ。

抜刀しやすいよう、剣は利き手とは反対側に佩《は》くものだから、リヒトのサーベルは当然腰の左側に下げられている。

あのサーベルは、今までどれだけの血を吸ってきたのだろうか。

埒《らち》も無いことを考えながら、ヨエルも礼拝用の聖衣に着替え、髪の白百合を取って外に出た。ヨエルの天幕と基地を囲う壁の小さな隙間が、アイスラーの用意した簡易の礼拝所だ。剝き出しの地面がならされただけの礼拝所と呼ぶのもおこがましい空間で、これだから帝国の犬はとマリウスを憤慨させたものだが、招かれざる客に場所が与えられただけでも上出来である。

どのみち兵士の慰問など、基地に滞在するための名目に過ぎないのだ。今ならアイスラーにねだれば礼拝用の天幕どころか、建物さえ与えられるだろうが、帝国の兵士相手の礼拝にそこまで心血を注ぐつもりなど無い。

どうせ、礼拝に参加する兵士たちは説教ではなく、ヨエルの美貌を間近で拝みたいだけなのだ。王都の大教会でそうしているように、ただ微笑《ほほえ》みを浮かべていればいい。

「これは……？」

予想外の光景に、ヨエルは息を呑《の》んだ。今朝までは何も無かったはずの空間が、がらりと変化していたのだ。

　地面には礼拝の参加者用だろう、小さな折り畳み式の椅子が幾つも並び、その奥には白い布がかけられた卓が置かれていた。その下には大きめの毛氈《もうせん》が敷かれ、枝付きの燭台《しょくだい》まで揃《そろ》っており、祭壇と言えなくもない。大教会とは雲泥の差だが、どれもこんな基地ではなかなか手に入らない贅沢品《ぜいたくひん》だ。

「マリウス、これはどうした？」

　祭壇の傍に従者の姿を見付け、問いかける。エーベルハルトの密偵としての任務を最優先させているマリウスが、こんなことをするわけがない。

「先程、ギースバッハ准将が輜重隊《しちょうたい》に運び込ませたのです」

　獲物を狙《ねら》う狡猾《こうかつ》な狐《きつね》に似た従者の視線は、参加者用の席で数人の下士官たちに囲まれるリヒトに注がれていた。

　英雄とじかに対面出来た幸運に舞い上がり、纏《まと》わり付く彼らを、雲の上の存在であるはずのリヒトは邪険にもせず、あの太陽のような笑顔で相手をしてやっている。それを見ていると、ヨエルの胸は奇妙にざわつき、落ち着かなくなる。

「補給部隊は基本的に戦闘部隊とは犬猿の仲のはずなのですが、ギースバッハ准将には実に協力的でした。准将の影響力と実質的な権限は、私たちが想像するよりも遥かに大きいのでしょう」

不審に思われないよう、マリウスは前を向いたまま、冷静に己の見解を述べていく。潜めた声には喜悦が滲《にじ》んでいた。

「これは嬉しい誤算です。ヨエル様が准将を堕とされれば、計画を予定よりずっと早く進められます。王国軍からは、一日も早くモルト奪還をと矢の催促だそうですから」

「そこまで急《せ》かしてくるか…王国もよほど切羽詰まっているようだな」

「モルトを落とされたことで、帝国に制裁をと主張する軍閥貴族たちを、国王も抑えきれなくなりつつあるのでしょう。新たにオーロに着任した司令官は、軍閥貴族でも特に好戦的な一人だそうですから。ひょっとしたら、近々小競《こぜ》り合《あ》いがあるかもしれませんね」

モルトから馬を数時間走らせた先にあるオーロは、王都の最終防衛線だけあって、堅固な砦《とりで》が築かれている。

オーロ軍が籠城して守りに徹すれば突破される危険は低いだろうが、守ってばかりではモルトを奪い返せない。教会との密約を知るのは、国王とその限られた側近たちのみだ。復讐心《ふくしゅうしん》にかられたオーロ軍の司令官が打って出たりすれば、王国は貴重な戦力を無駄に失ってしまうことになる。

なるほど、とヨエルは思った。

オーロ軍の情報は、モルト軍も把握しているはずだ。今日、リヒトが珍しく長い間ヨエルの傍を離れていたのは、オーロ軍に対抗すべく作戦会議が開かれていたからだろう。その間アイスラーはずっとヨエルの身体に溺《おぼ》れていたわけで、いかにあの男が名目ばかりの司令官であるのかを物語っている。リヒトを一度は陥れておきながら、使えると判明するや、徹底的に利用するつもりのようだ。

金の力で昇進したような卑しい男が、リヒトを利用するとは——。

湧き上がりかけた感情に、ヨエルは戸惑った。何故今、自分は苛立たしさを感じたりするのだろう。リヒトは堕とすべき標的であり、ヨエルに過去の幻想を押し付ける厄介な男なのに。

「ヨエル様……？」

「ヨ…司教様！」

従者のいぶかしげな問いかけを、喜色の滲んだ声が打ち消した。ヨエルに気付いたリヒトが、まっしぐらに駆け寄ってくる。

ヨエルは慈悲深い司教の仮面を被《かぶ》り、胸元のクロスを持ち上げ、口付けた。

「ギースバッハ准将…貴方《あなた》がこれらを用意して下さったと聞きました。ありがとうございます」

「お礼を頂くには及びません。本来ならば司教様が到着される前に整えておくべきでしたのに、これまでご不自由をかけてしまい、申し訳ありませんでした」

周囲の目をはばかり、軍人としての堅苦しい口調を用いつつも、緑の双眸はきらきらと歓喜に輝いている。

「司教様が使われる香油や清めの没薬《もつやく》なども、三日中には本国より輸送される予定ですので、もうしばらくお待ち下さい」

「香油に、没薬まで？　そんな希少なものを、わざわざご用意頂くわけには…」

「司教様が気に病まれることはありません。私はただ、危険を冒してまで神の教えを広めようとなさる司教様の、崇高《すうこう》なお志を少しでもお助けしたいだけですから」

どこまでも真摯《しんし》な言葉は本気そのもので、ヨエルは胸に巣食う黒いものがざわめくのを感じた。

ヨエルが神の教えを広めるためだけにわざわざ基地を訪れたなどと、本気で信じている幹部はリヒトくらいだろう。王国との密約までは気付かずとも、他の幹部たちはこの時期に教会が高位の聖職者を派遣してきたことに疑問を抱いているはずだ。実際、クレフ大佐はうわべこそ慇懃《いんぎん》だが、ヨエルの真意を見極めようとでもするかのように、時折疑惑の視線を向けてくる。

上級軍人ならば物事の裏側まで知り尽くしているだろうに、どうしてそこまで無邪気に信じられる？　つれなくされても尽くせる？

ヨエルにはまるで理解出来ない。かつては親しく交わっていたはずの、幼馴染みの心の内が。

やがて礼拝が始まると、リヒトは最前列の席につき、他の下士官たちは後方の席に収まった。リヒトが用意してくれた祭壇は簡易の踏み台も設置されていて、参加者たちの席がよく見渡せる。下士官たちはヨエルの美貌に魅入られるか、リヒトの背中をうっとり見詰めているかのどちらかだ。ありがたい説教を真面目に聞いている者はほとんど居ない。

祝福の聖句を紡ぎながらちらりと見遣《みや》れば、リヒトは瞼《まぶた》を伏せ、真剣に祈りを捧《ささ》げている。祈りは礼拝が終わり、他の参加者たちがリヒトを気にしつつも引き上げてしまってからも続き、ヨエルはさすがに見兼ねて声をかけることにした。マリウスは配下と繋《つな》ぎをつけに行ったから、態度を取り繕う必要は無い。

「リヒト、リヒト」

リヒトははっと顔を上げ、ひとけの無くなった周囲を見回した。

「…え？　あ、ああ。もう終わっていたのか」

「ずいぶん熱心に祈っていたな。帝国軍の勝利でも願っていたのか？」

「いや…そうじゃない。ゼルが安らかに眠れるよう、祈っていたんだ」

哀愁を帯びた表情は初めて目にするもので、ヨエルは束《つか》の間《ま》、胸に巣食う黒い感情を忘れる。リヒトは予定が許す限り、朝も夕も礼拝に参加して、さっきのように祈りを捧げていた。あの時も、無惨な死を遂げた兄を悼《いた》んでいたのだろうか。

「修道院が襲われた日、俺は逃げ惑ううちにゼルとはぐれてしまって…兵士たちが去ってようやくゼルを見付けた時には、血だらけになって死んでいたんだ」

リヒトが兄の死に様について語るのはこれが初めてだ。きっと、他の誰にも話せなかったに違いない。リヒトの双子の兄、ゼルギウスの存在を知る者は、リヒトとヨエルを除いて皆死亡してしまったのだから。

「俺は、変わり果てた姿になったゼルを埋めてやるくらいしか出来なかった……」

きつく握り締めた拳《こぶし》を震わせるリヒトとゼルギウスは、傍目《はため》にもあまり仲の良い兄弟ではなかったと思う。リヒトはヨエルにべったりだったし、ゼルギウスは弟を含め、学問以外の全てに無関心だった。

それでもリヒトがここまでゼルギウスの死を悼むのは、双子の兄が残された最後の肉親だったのと、自分一人だけが助かってしまったという深い悔恨ゆえなのだろうか。

「ヨエル…ゼルはどうして、いつも俺たちに付いて来たと思う?」

「え…? お前が心配だったからじゃないのか?」

「ゼルは俺の心配なんてしない。…ゼルはね、ヨエルが好きだったんだよ。中身は全然違う兄弟だったけど、双子だからかな。そういうことは、不思議とよくわかるんだ」

思いがけない告白に、目の前の男とよく似た、だが決定的に違う双眸が脳裏によみがえった。ほとんど話したことも無かったのに、ゼルギウスの深い沼底のような瞳は未《いま》だによく覚えている。修道院では、どこに居ても、何をしていても、視界の隅にはいつもゼルギウスの姿があったから。

「ゼルは興味の無いものなら、肉親でも全然構わないから。ゼルがあんなに熱心に見詰めていたのは、ヨエルだけだよ。もしゼルも生き延びていたら、きっとどんな手段を使ってでもヨエルに逢《あ》いに行こうとしただろうね」

　束の間、リヒトは兄を偲《しの》ぶように遠くを見詰め、ヨエルの手を取った。左腰に佩いたサーベルの下緒が、ゆらりと揺れる。真紅の房飾りがあしらわれたそれは、准将の階級を示すものだ。院長から天才と絶賛されたゼルギウスが軍人になっていたなら、いつかは元帥だけに許される黄金の房飾りの下緒を下賜されていたかもしれない。

「ゼルは死んでしまったけど……ゼルの分まで、俺がヨエルを守るよ。そうすればきっとゼルも喜んでくれる気がするんだ」


　その夜、ヨエルは高い馬のいななきで叩《たた》き起こされた。

　大勢の兵士たちが外を慌ただしく動き回っている気配がする。前線基地である以上、戦闘中でなくても常に緊張感が漂っているものだが、空気がこんなに張り詰めているのは初めてだ。

「ヨエル様、お目覚めですか？　失礼します！」

　返事も待たずに、マリウスが天幕の中に入ってきた。乱れた髪、寝間着にコートを羽織っただけという格好に、ヨエルは緊急事態の発生を悟る。

「何があった？」

「オーロに駐留中の王国軍部隊が、夜襲をかけてきた模様です……！」

「何…⁉　規模は？　戦闘状況はどうなっている？」

「現在、手の者に調べさせています。基地内への侵入を許していないことだけは、確かなようですが…」

ヨエルはくっと唇を噛んだ。

マリウスの予感は最悪の形で的中してしまったらしい。知らないのだから仕方が無いとはいえ、せっかくヨエルがモルトを奪還させてやろうと腐心しているのに、くだらない衿持《きょうじ》と復讐心にかられて無駄な犠牲を出すなど愚の骨頂だ。

それに、もしも基地内部での戦闘に発展した場合、ヨエルやマリウスも巻き込まれる可能性がある。敬虔な信徒である王国兵が聖職者を害するとは思えないが、夜の闇の中では何があるかわからない。

「こんな時に、我ら尊き聖職者を放置するとは…だからあやつらは蒙昧《もうまい》な犬だというのだ。ことあらばすぐに駆け付け、我らを守るのが家畜の役割ではないのか？」

忌々《いまいま》しげにマリウスが爪を噛んだ時、ざっざっと軍靴の音がして、入り口の布がまくれ上がった。血相を変えて飛び込んできたフランツは、硬直するマリウスとヨエルを見て安堵《あんど》に表情を緩める。

「司教様…良かった、ご無事でしたか」

「フランツ少尉、一体何事ですか？」

今まで天幕で眠っていたヨエルが、夜襲の事実を知っていてはおかしい。怯《おび》えた素振りで問えば、フランツはあっさり騙《だま》され、面目無さそうな顔をする。

「王国軍オーロ駐留部隊による夜襲です。小官はギースバッハ准将の命により、司教様がたを安全な場所までお連れすべく参りました」

「それは…ありがとうございます。お手間を取らせてしまい、申し訳…」

「…犬の分際で、偉そうに…」

苛立ち紛れのマリウスの呟《つぶや》きはごく小さかったが、鋭い感覚を有する軍人は聞き逃さなかったようだ。いつも温厚なフランツの頬が屈辱に引き攣《つ》り、空気も凍る。

しかしフランツは怒りを飲み込み、何事も無かったようにヨエルたちを先導してくれた。外はいつもと違って篝火《かがりび》の一つも灯《とも》されておらず、暗闇に包まれていたが、かぼそい月の光のおかげでどうにか基地の中央にある建物まで辿り着く。

数少ない修復済みの建物の内部は、ランプで明るく照らし出されていた。おかげでアイスラーとクレフ、そして数人の幹部たちが地図の広げられた大きな卓を囲んでいるのが見て取れる。壁に掲げられているのは帝国の軍旗だ。どうやらモルト軍の司令部のようだが、誰よりもここに居るべき人間の姿が無い。

「ギースバッハ准将なら、騎馬隊を率いてオーロ軍の迎撃に向かいました。先程、基地付近の平野にて交戦中との一報が入ったところです」

ヨエルの疑問に先回りして答えたクレフが、従卒に持って来させたコートを勧めてくれる。そう言えば、急いで出て来たので寝間着だけしか着ていなかった。思い出したとたん寒さが襲ってきて、ヨエルはありがたくコートを羽織らせてもらう。

本来ならばマリウスが配慮すべきことである。クレフに気の利かない従者だと軽蔑の視線を浴びせられても、兵站《へいたん》を握るクレフはさすがに敵に回せないのか、マリウスはむっとしつつも黙ったままだ。

「王国の部隊は中隊規模で、貴族の紋章旗を掲げた者も交じっていたとのこと。おそらく新たにオーロ詰めになった貴族の子息が、手っ取り早く武功を立てようとでもしたのでしょう。准将の部隊なら、容易《たやす》く蹴散らすはずです。基地まで攻め込まれることはまずありませんから、ご安心を」

自信に満ちたクレフの宣言に、幹部の半分は同感とばかりに頷《うなず》き、残り半分はアイスラーと同じく苦々しげな色を滲ませている。前者がクレフ、ひいてはリヒト派の面々で、後者はアイスラーの取り巻きたちだ。当然、フランツは前者である。

「…ずいぶんと、准将を信頼されているのですね。私は軍事に関しては素人ですが、いかに准将といえど、夜戦では満足にお力を発揮出来ないのでは？」

「その点でしたら、ご心配には及びません」

クレフが言うには、リヒトはモルトを落とした直後から王国軍の情勢が変化すると分析し、対策を練っていたそうだ。旗下の部隊に暗闇でも視界を保てるよう訓練を施し、交代で歩哨《ほしょう》に当たらせたのである。

貴族の子息は夜陰に乗じて奇襲をかけ、混乱した帝国兵を適当に討ち取ってオーロに帰還するだけのつもりだったのだろうが、自ら罠《わな》に嵌《は》まってしまったわけだ。基地内の篝火が消されていたのは、彼らの視界を完全に潰《つぶ》すためだったのである。

「勿論《もちろん》、訓練しても昼間と同等の視界は得られませんが、それはあちらも同じこと。同じ条件下でぶつかれば、我ら帝国騎兵隊が圧倒的に有利です」

「…ふん。なら私は、先に休ませてもらおうか。戦闘後の処理についてはギースバッハとクレフに委任する」

クレフが断言するや、黙って聞いていたアイスラーが面白くなさそうに席を立った。

仮にも司令官が戦闘部隊の帰還も待たずに休むというだけでも無茶苦茶なのに、アイスラー派の幹部たちまでもが追従するではないか。しかも、クレフたちがまるで驚いていないあたり、こういったことは日常茶飯事のようだ。

「そうだ、司教も今宵《こよい》は私の宿舎で休んだらいかがかな？　司教の身に万が一のことがあれば、司教を遣わして下さった法王猊下《げいか》に申し訳が立たない。また新たに告解したいこともある」

アイスラーは殊勝に誘ってくるが、本当の望みは明らかだ。うまい具合にリヒトが居ないので、今度こそ素面《しらふ》でヨエルをじっくり味わいたいのだろう。

ここでもうひと押しして、完全に掌握しておくのも悪くはない。いい機会だ。ついでにアイスラー派の幹部も何人か引きずり込んでやろうか。

「…せっかくですが、私はこちらに残ろうと思います」

だが、実際に口をついたのは、理性の計算とは正反対の返事だった。

どうしてそんなことを口走ってしまったのか自分でもわからず混乱するが、ヨエルは内心を隠して微笑む。

「アイスラー閣下のご厚情はありがたいと存じますが、出陣なされたギースバッハ准将のご無事をお祈りしたいと思いますので」

「いや、だが……むう…、そうか」

アイスラーは未練がましく食い下がろうとしたが、さすがにクレフたちの前であからさまな言動には出られなかったらしい。幹部たちを従え、宿舎へ引き上げていく。

「司教様。よろしければ私が参って、司教様の代わりに閣下の告解を伺いたいと思うのですが」

マリウスがそう申し出たのは、ヨエルの支援半分、ここからさっさと退散したいのが半分といったところだろう。フランツにずっと敵意を剝き出しにされ、それを感じ取った他の幹部たちにまで睨《にら》まれているのでは、居心地が悪くてたまらないはずだ。

「そうですね、それが良いでしょう。頼みましたよ」

ヨエルが許可すると、マリウスはそそくさとアイスラーの後を追った。共に見送ったクレフが、ぽつりと呟く。

「本当に、准将の無事を祈って下さるのですか？」

「…それは、どのような意味でしょうか」

「いえ。司教様は准将よりも、司令官閣下と親交を持っておいでですから。先程もてっきり閣下とご一緒されるものとばかり思っておりました」

何でもないように言われ、ヨエルの警戒心はにわかに高まった。クレフはヨエルとアイスラーの関係に勘付いているのかもしれない。下手なことは口走らないよう、用心しなければならない。

「こちらには従軍司祭が一人も居なかったそうですから、アイスラー閣下は今までの分も神の教えを学ぼうと努力なさっておいでなのです。敬虔な信徒の助けとなるのは、神に仕える者として当然ですから。当然、准将のご無事も心から祈っております」

「なるほど。さすがは准将に聖者の生まれ変わりとまで讃《たた》えられる御方だ。気高いお心をお持ちでいらっしゃいますな」

「……は？　聖者の生まれ変わり…ですか？」

「おや、ご存知なかったのですか？」

クレフは面白そうに笑い、教えてくれた。

「司教様がいらしてからの准将と言えば、私たちにも部下たちにも司教様の素晴らしさを説いていらっしゃいますよ。王国軍の遺棄物である聖者像を保護され、毎日欠かさず祈りを捧げに行かれていたことといい、准将は帝国人には珍しいくらい篤い信仰心をお持ちなのだと思っておりましたが、たんに司教様に心酔されているだけだったのですね」

「それは……おそらく、私が幼馴染みだからでしょう」

勘の鋭いクレフにこれ以上怪しまれたらやりづらくなるので、ヨエルは自分から暴露した。元より、隠すようなことでもない。

「司教様が、准将の？　ですが司教様は、王国の方でいらっしゃいますよね？」

「私も准将も戦で家族を亡くし、同じ修道院に引き取られたのです。私が大教会に招かれるまでの数年間、共に過ごしました。こちらで思いがけず再会を果たした時には、心底驚きましたが…」

「ああ…そうでしたか」

修道院がリヒトを除いて全滅した件は、クレフも知っていたようだ。頷いた顔に同情が滲み、さっきまでは無かった親しみやすさが漂う。クレフだけではなく、他の者たちも同様で、フランツなどは何故かヨエルを前にしたリヒトのように頬を紅潮させている。

首を傾《かし》げるヨエルに、クレフがその理由を教えてくれた。

「准将が今でも司教様を慕っていらっしゃるのは、それだけ修道院で司教様に良くして頂いたからなのでしょうね。王国の方が帝国人と進んで親しくされることは滅多にありませんので、驚きました」

「…神がお創りになった命は、等しく尊いものです」

「同感です。……それを誰もが理解することが出来れば、我ら軍人の存在意義など無くなるのでしょうが」

難しいものです、とクレフは嘆息し、ヨエルに卓上の地図を見せてくれた。

モルトから親指一本ほど離れた辺りに白と黒のナイトの駒が向かい合う格好で置かれている。白は王国軍、黒は帝国軍を示しているのだろう。

「ギースバッハ准将のことですから、先走った王国の輩《やから》を可能な限り生かして帰すよう仕向けるはずです。出陣から間も無く一時、そろそろ戻られるでしょう」

「…掃討はしないのですか？」

憎み合っているがゆえに、王国軍と帝国軍がぶつかれば、ほとんどの場合、どちらかが全滅かそれに近い状態に陥るまで戦いは続く。ヨエルの村を襲ったのも、命からがら戦場から逃げ出した帝国兵たちだった。

「愚かな貴族の部隊を殲滅《せんめつ》したところで、司令官を喜ばせるだけです。それよりも生き残った兵がオーロに逃げ帰れば、オーロの司令官は待ち伏せを警戒して今後は夜襲をかけづらくなります。更に、先走った輩には最低でも謹慎処分が下るでしょうから、糧食を無駄に消費するだけのお荷物を抱え込ませることが出来ます。その分、我らの負担は軽減される」

帝国軍にとっては良いこと尽くしというわけだ。兵站を握るクレフがほくほく顔なのも当然だろう。

それにしても、文字を追うだけでも頭痛がすると言っていたリヒトが、こんなに緻密《ちみつ》な策略を立てられるようになったなんて信じられない。

「准将はあの若さには珍しく、効率や情報の重要性というものを理解していらっしゃいます。ですが、決してそれだけではないのが准将の奥深いところです」

「…と、言いますと？」

「味方の犠牲を最低限に抑え、可能なら戦闘そのものを回避しようとなさるのですよ。怯懦《きょうだ》と罵《ののし》る者も居ますが、兵にとっては自分を生還させてくれる指揮官こそが名将です。准将はいつか、ご養父と同じ…いえ、それ以上の名声を得られるかもしれません」

クレフの評に、フランツや幹部たちがうんうんと盛んに頷いている。

誇らしげな彼らとは裏腹に、ヨエルはまた、どろりとしたものが胸に溜《た》まるのを感じた。成長して将に相応《ふさわ》しい知略を得ても、リヒトの本質は変わっていないと悟ってしまったのだ。リヒトは争いを嫌い、いつまでも対立し続ける帝国と王国を嘆いていた。効率云々《うんぬん》よりも、純粋に誰も死なせたくないと思っているに違いない。

そうして何も変わらないまま光の中を歩むリヒトが、変わり果てたヨエルを慕い続けているのか。

ヨエルが皮肉な笑みを浮かべた時、わっと外で歓声が上がり、伝令が駆け込んできた。

「ギースバッハ准将がオーロ軍を撃退し、帰還されました！」

「おお……！」

もたらされた朗報に、司令部の面々も沸きかえる。

リヒトが無事に帰って来た。奇妙な安堵を覚え、困惑するヨエルの手を、フランツがぐいっと引っ張る。

「行きましょう、司教様！」

「フ、フランツ少尉…⁉」

いつも折り目正しい護衛の突然の行動にぎょっとして振り返るが、クレフは助け出してくれるどころか、苦笑と共に敬礼を寄越すだけだ。鍛え上げられた軍人の腕力には抵抗も叶《かな》わず、ヨエルは半ば強制的に歩かされる羽目になる。

幸いにも篝火が復活していたので転ばずに済んだが、フランツが早く早くと急かすので非常に歩きづらい。どうにか基地の門まで辿り着いた時には、すっかり息が切れてしまっていた。

だが、みっともなくへたりこむことなど出来ない。門は詰めかけた兵士たちが手にした松明《たいまつ》によってあかあかと照らし出されているのだから。

「ギースバッハ准将！　ギースバッハ准将！」

熱に浮かされたように連呼する人垣が、自然に割れた。熱狂的な空気の中、漆黒の軍馬に跨《また》がり、騎兵隊を引き連れたリヒトが現れる。

ところどころ削れた門は戦闘の跡が生々しく刻まれており、荘厳さの欠片《かけら》も無い。麗しい乙女が撒《ま》く白い花びらや、神の使いとされる純白の鳩《はと》が舞っているわけでもない。

だが、リヒトが騎兵用の軍装に身を包み、気性の荒そうな軍馬を悠然《ゆうぜん》と操るさまは、まさしく英雄の凱旋《がいせん》だった。息苦しさも摑《つか》まれたままの腕の痛みさえも忘れ去り、意識がどこかにさらわれてしまうほどに。

——ヨエルはきっと、聖者様の生まれ変わりなんだよ。

違う。神に祝福された聖者はリヒトの方だ。

ヨエルはしょせん、美しいみてくれの皮を被っているだけに過ぎない。微笑み一つで男の心を蕩《とろ》かし、足元に侍《はべ》らせることは出来ても、夜闇でもなお眩《まぶ》しく輝く太陽のようには笑えない。

聖者になど、なれない。

「……ヨエル…司教様！」

兵士たちの歓呼に軽く片手を上げていたリヒトが、こちらに気付いて破顔した。歓喜に輝く緑の双眸は、フランツを通り越し、ヨエルしか映していない。

「司教様、さあ」

フランツが興奮の面持ちでヨエルをぐいっと前に押し出した。そこでやっと意識が現実に帰

ってくるが、足がまるで動いてくれない。これ以上近付いてしまえば、太陽の光に焼かれてしまいそうで。

「あれは…司教様じゃないか」

「こんな刻限に、どうしてこんなところへ？」

「きっと、ギースバッハ准将を言祝《ことほ》ぎにいらしたんだ」

ヨエルの存在に気付いた兵士たちがざわめき始める。

リヒトは颯爽《さっそう》と下馬し、従卒に馬を任せると、過熱する一方の空気を一気に駆け抜けてきた。何の躊躇《ためら》いも無く地面に跪く。

「わざわざお出迎え下さり、ありがとうございます。司教様にご挨拶もせず慌ただしく出陣してしまいましたゆえ、司教様の御身がずっと気がかりでしたが、ご無事なお姿を拝し安堵いたしました」

「……ギースバッハ准将こそ、無事のご帰還、何よりです」

見上げてくる緑の双眸が眩しすぎて、直視出来ない。

何をやっているのだ、と理性が叱咤《しった》する。ここで艶《つや》めいた笑みの一つでも浮かべてもっとリヒトの労をねぎらい、祝福の聖句でも詠唱してやれば、感激したリヒトの心は一気に傾く。周囲の帝国兵たちにも、慈悲深く高潔な司教の姿を更に強く印象付けることが出来る。間抜けに立ち尽くしている場合ではない。

「ご安心下さい。我らは王国軍を敗走させ、一人の死者も出さずに帰還いたしました。これもきっと司教様が日々我らのために祈りを捧げて下さっているおかげです」

リヒトの言葉に、兵士たちの熱狂的な視線が全身に絡み付いてくるのを感じた。

……いや、彼らが見詰めているのはヨエルではない。信心深い英雄から勝利を捧げられる司教だ。

誰も——リヒトでさえ、ヨエルを見ていない。ただそれだけのことが、どうしてこんなにも苛立たしいのだろう？　今までだってそうだったのに。従順に跪く男を踏みにじり、滅茶苦茶にしてやりたくなるのだろう？　ほんのついさっきまで戦塵《せんじん》にまみれていたにもかかわらず無垢なままの双眸を、穢《けが》してやりたくなるのだろう？

ヨエルは密《ひそ》かに拳を握り込み、大教会での日々を思い出した。爪が皮膚に食い込む痛みと、生きた性玩具としてエーベルハルトたちにもてあそばれ続けた記憶が、ともすれば暴走しそうになる凶悪な衝動をどうにか押しとどめる。

……思い出せ、思い出せ。ヨエルがここまで屈辱を堪《た》えて生きてきたのは、一体何のためだった？　何故、こんな辺境での任務を引き受けた？

そうだ。聖職者としての最高位に上り、全てのものをひれ伏させるためだ。そのためならどんなことでもしてみせると、修道院が全滅したと聞いたあの日、自分自身に誓ったではないか。

「…私の祈りなど瑣末《さまつ》なもの。ギースバッハ准将の高潔なお志を、神が愛《め》で給《たも》うたのでしょう。

これからも准将が神の栄光と共にあられますように」

祝福の聖句を詠唱するヨエルを、リヒトやフランツ、他の兵士たちも陶然とした表情で拝跪《はいき》する。

ヨエルはただ美しいだけの笑みを浮かべ、その光景を冷たく見下ろしていた。


クレフの推測は的中し、あの夜以降、王国軍が夜襲をかけてくることは無かった。リヒトが深追いしなかったため、王国軍の損害も軽微だったそうだが、逃げ帰った者たちから帝国の英雄の戦いぶりを聞いた王国兵は戦慄《せんりつ》しただろう。軍閥貴族もしばらくの間は大人しくなるはずだ。

一定の緊張感を保ちつつも、モルト基地にも穏やかな時間が訪れた。

戦闘の危険度が下がったことで人員にも余裕が生まれ、破損した建物の修復も始まっている。一月もすれば、モルトは王国軍の支配下にあった時よりも堅固に生まれ変わるだろう。王国軍と違い、兵士の一人一人が土木や建築の知識と技術を有し、進軍するそばから陣営を築いていけるのが帝国軍の強みだ。

「王国より大教会に要請がありました。モルト駐留軍がオーロに出陣する時期と規模、行軍経路を流して欲しい、とのことです」

夜襲があってから五日。エーベルハルトの使いと密かに接触したマリウスが持ち帰ったのは、ヨエルも半ば予想していた報告だった。貴族の先走りによって帝国軍を優位に立たせてしまった王国軍が、次の侵攻を恐れ、備えておきたいと願うのは当然だからだ。

しかし、予想していたからといって、納得出来るものでもない。

「出陣時期に規模、行軍経路とは…随分と欲張ったな」

ヨエルは眉を顰《ひそ》めずにはいられなかった。どれも軍にとっては最重要機密だ。全てが前もって判明していれば、一方的な勝利を収めることも可能になるだろう。当然、情報は厳重に管理されており、全てを完全に把握しているのはアイスラーとリヒト、クレフくらいのはずだ。

「ご心配無く。法王猊下はヨエル様のご負担を心配され、可能な限りで構わないと仰《おお》せだったそうです」

「…そうか。それは、ありがたいことだ」

そう言いつつも、ヨエルはありがたいなどと欠片も思ってはいなかった。

エーベルハルトがヨエルの身体をいたわるわけがない。追い詰められた王国をさんざん焦らし、戦争を長引かせた上で少しずつ帝国の情報に高値をつけて売るつもりなのだ。それによって何人の命が無駄に失われることになろうと、この世で最も尊い聖職者は少しも心を痛めないだろう。

「それから、法王猊下よりヨエル様にお届け物を託されております」

マリウスから渡されたのは一冊の聖句集だった。革貼りの豪華な表紙をめくれば、分厚いページが半分ほどくり抜かれており、小さな壜《びん》が隠されている。中に満たされた紫色の液体は、一見、聖職者が儀式に用いる香油だが、実際は違うことを、ヨエルは身をもって知っていた。

「少しでもヨエル様の任務の助けになれば、と猊下は仰せです」

狐に似た目をいやらしく細めるマリウスもまた、この液体の正体を知っているはずだ。ヨエルが無言で壜を仕舞おうとすると、マリウスはヨエルの細い手首にそっと指を這《は》わせてきた。

「…何のつもりだ、マリウス」

「いえ。ヨエル様もこれをお使いになるのは久しぶりでいらっしゃるでしょうから、任務に臨まれる前に、少しお手伝いが出来ればと思いまして」

「ふ……」

ヨエルが艶やかに微笑んでやれば、受け容《い》れられたと思い込んだマリウスは白い頬を上気させ、覆い被さろうとした。

マリウスの注意が完全に逸《そ》れた隙を狙い、ヨエルは胸元のクロスを引っ張り、中央に嵌め込まれた小さな宝玉を押す。

「——寝言は寝て言え。己の分もわきまえない愚か者が」

「な、……ヨエル様……？」

髪の毛ほどの細さの銀鎖に首を絡め取られ、無理矢理頭を後ろに引っ張られたマリウスは、己の身に何が起きたのか理解していないらしい。ヨエルは無防備な男の股間《こかん》に容赦無い膝蹴りをお見舞いし、声にならない悲鳴を上げるマリウスを更に蹴り飛ばす。

ヨエルがエーベルハルトに叩き込まれたのは性技だけではない。人の命を奪うすべも学ばされた。どうしても堕ちない標的や、用済みになった下僕は始末しなくてはならないからだ。

このクロスは膂力《りょりょく》に劣るヨエルのために造られた暗器である。中の空洞には細い銀鎖が仕込んであり、強く巻き付ければ相手を拘束し、肉を断つことさえ可能だ。

「ただの密偵如きが触れることを、私が許すとでも思ったのか？」

「…ヨ、ヨエル、様…っ」

「今回だけは無礼を忘れてやる。——二度目は無い。覚えておけ」

うずくまったままみっともなく股間を押さえ、悶絶《もんぜつ》する従者に冷たく宣言し、ヨエルは天幕を出た。

全力で蹴り上げてやったから、マリウスのモノはしばらく激痛を訴え、使い物にならなくなるだろう。だが、罪悪感など欠片も無い。今までもヨエルに良からぬ欲を抱いた従者は居たが、いつだってこうして己の分を思い知らせてやってきた。

この身体はヨエルに唯一与えられた武器だ。勿体《もったい》ぶるつもりは無いが、その価値の無い男に安売りもしない。

警備に立っていたフランツが、不思議そうに問いかけてきた。

「司教様、お一人でお出かけですか？　従者様はどうなさいました？」

「少し体調を崩したようなので残してきました。私の天幕の方が暖かくて、休むには適しているでしょうから」

「そうでしたか！　さすがは司教様、なんとお優しい」

感激するフランツはどこか嬉しそうだ。夜襲のあった日以来、マリウスはすっかりフランツに敵と認定されてしまったのである。

ヨエルに対する態度が変わらない……いや、以前よりも明らかに友好的になっているのは、ヨエルがマリウスの無礼を詫《わ》びたことと、リヒトの幼馴染みであることが判明したせいだろう。

フランツは見かけによらず人脈が広いらしく、『幼い頃から帝国人と分け隔てなく友情を育んだ司教様』の噂《うわさ》は瞬く間にモルト軍中に広まり、ヨエルを包む空気は最初よりもずっと柔らかくなっていた。今も、あちこちからぎこちないが親しみのこもった挨拶が投げかけられてくる。

「こ、こんにちは、司教様！」

「朝の礼拝は無理でしたが、夕べの礼拝には必ず参加します！」

「また聖句を聞かせて下さい！」

ただ美貌に見惚《みと》れるのでも、欲望も露《あら》わに品定めするのでもない眼差しを任務先で浴びるのは初めてで、修道院での穏やかな日々が思い起こされる。

だがこれはあくまで、ヨエルがリヒトの…英雄の幼馴染みだからなのだと思うと、また黒い感情が湧き始める。今までは完璧に制御出来ていたはずの心に、一体何が起きているというのだろう。

わからない。わからないことが恐ろしい――。

未知の恐怖を抱きつつも、ヨエルは兵士たち一人一人に丁寧に応えを返し、フランツの案内でアイスラーの宿舎に向かった。

聖衣の隠しには、ちゃんとエーベルハルトが寄越した壜が入っている。貴族の暴走も抑えきれなかった無能な指揮官の尻拭《しりぬぐ》いをしてやるのは癪《しゃく》だが、断るわけにはいかない。うまく使えば、壜の中身は大きな助けになるはずだ。

「おお、司教。よくぞ参った」

従卒に取り次ぎを頼めば、アイスラーは満面の笑みで現れ、ヨエルを私室に招き入れてくれた。馴《な》れ馴《な》れしく腰を引き寄せられたとたん、ぷんと酒の匂いが鼻につく。円卓には酒杯と、空のワインの瓶が何本も転がっていた。

「アイスラー閣下。突然伺ってしまい、申し訳ございません。お邪魔ではありませんでしたか？」

「いやいや、司教を邪魔などと思うはずがないではないか。私の務めは部下を統率し、過ちがあれば正しい方向へ導くこと。今はまだ、私が出るべき段階ではないのだ」

尤《もっと》もらしい御託を並べているが、ようは面倒を優秀な部下に押し付け、自分は成果を横から丸取りするということである。

リヒトやクレフたちが連日司令部に詰めてオーロ攻略の計画を進めているにもかかわらず、この男は派閥の幹部を代理に仕立て、自分は好き勝手に過ごしているのだ。一度は罠に嵌めておきながら、リヒトが予想以上に有能だと知るや、徹底的に利用することにしたらしい。

そこまでされれば普通なら反発されてもおかしくないのに、リヒトは理不尽な扱いにも不満一つ漏らさず、アイスラーを上官として立てているので、クレフやリヒトを信奉する兵士たちは歯がゆく思っているようだ。

「さすが、将の位まで上られる方は気構えが違うのですね。私など、軍の皆様が戦の準備をなさっているところを拝見するだけでも恐ろしい心地がいたしますのに」

侮蔑を媚笑《びしょう》に包んで囁《ささや》いてやれば、自尊心をくすぐられたアイスラーはたるんだ腹を震わせて笑った。

「はっはっはっ、大丈夫だ、司教。先日の王国軍の無様な戦いは、貴殿も聞いておるだろう？我ら帝国軍に手も足も出ず、尻尾《しっぽ》を巻いて逃げ出したそうではないか。彼奴《きゃつ》らが何度攻め入ってこようと、そのつど粉砕してくれるわ」

お前はただ安全な司令部でそっくり返っていただけだろう、とは、勿論言わない。ほっとした表情を作り、アイスラーにもたれる。

「なんと頼もしいお言葉。閣下が後ろに控えていらっしゃるからこそ、皆様も全力で戦えるのですね」

「そうだとも、そうだとも。司教は聖界に身を置きながら、軍というものをよくわかっておる」

アイスラーはリヒトの才覚と従順な性格を存分に利用しているが、同時に激しく嫉妬もしている。だから暗にリヒトより優れているとおだててやれば、すぐ上機嫌になり、ワインを注いだ酒杯をヨエルにも勧めてくる。

「ありがとうございます、閣下。いただきます」

ヨエルは酒杯を受け取り、隙を見て隠し持っていた壜の中身を混入した。一息に飲み干したとたん、腹の奥がカッと熱くなる。

エーベルハルトが寄越したのは、教会で開発された特殊な媚薬《びやく》だ。直接飲んだ者だけでなく、その者の体液を摂取した者にまですさまじい快楽をもたらす。相手ではなく自分が飲めばいいものなので、相手に警戒されなくて済むのだ。

その効果のほどは、ヨエルが一番良く知っている。初めてヨエルを犯した時、エーベルハルトはこの媚薬を飲んでいたのだ。何も知らなかったヨエルは、男に犯されて快感を得てしまう自分は、エーベルハルトが揶揄《やゆ》する通りの淫乱《いんらん》なのだと思い込まされ、絶望の淵《ふち》に叩き落とされた。

「ふふ…いい飲みぶりだ。我が帝国の酒は、そんなに美味《うま》いか？」

「…はい。閣下が飲ませて下されば、更なる美酒に変わりましょう」

全身を這い回る老人の手の感触がよみがえりそうになるのを振り切り、ヨエルは紅も塗《ぬ》っていないのに紅《あか》い唇を僅かに上向ける。それだけで充分だった。アイスラーの劣情に火を点《つ》けるには。

「司教……」

「…は、……ぁん」

覆い被さってきたアイスラーに従順に身を任せ、求められるままうっすらと唇を開けば、生温かい舌が性急に押し入ってきた。酒臭さに内心辟易《へきえき》しつつも、男の首筋に腕を回す。

「んっ…ん、う…、ん」

感じているふりで喉を鳴らしてやると、アイスラーは既に硬くなっている股間を鼻息も荒くヨエルの腰に擦り付け、更に深く舌を絡めてくる。口内で混じり合った二人分の唾液を、夢中で啜《すす》る。

「司教…おお、そなたはなんと、美しい……」

身を離した時には、アイスラーの目はとろんと蕩け、ヨエルしか映していなかった。媚薬が効き始めてきた証拠だ。

耐性の無い人間があの媚薬を摂取させられれば、最終的には夢と現実の区別がつかなくなり、快楽だけを求める本能の塊に成り下がる。それを与えてくれるヨエルには、薬の効果が切れるまで、何を命じられても逆らえなくなるのだ。

腐っても司令官であるアイスラーの元には、王国が求める情報が集まっているはず。ヨエルの狙いはそこだった。アイスラーを快楽の地獄に叩き落とし、持てる情報の全てを吐き出させてやれば、エーベルハルトからの依頼は達成出来る。

あとは酒をどんどん飲ませ、わけがわからなくなるくらいこの身を貪らせてやれば、機密を漏らしてしまった記憶などアイスラーには残らないだろう。

「閣下……」

聖衣の長い裾を持ち上げてやると、アイスラーはばっと床に膝をつき、興奮の面持ちでヨエルのズボンを下着ごとずり下げた。

露わになった性器は、帝国人のものとは比べ物にならないほど色が薄く、銀色の茂みもごく淡い。王国人を憎みながら憧れる帝国人には、これ以上ないくらい魅力的に映るはずだ。

「あ…あ、司教、司教……」

アイスラーの反応は予想通り、いや、それ以上だった。ヨエルの性器を口いっぱいに頬張り、床に這いつくばってかくんかくんと腰を揺らす様は、まるで発情した雄犬だ。今のアイスラーに限っては、犬だと罵っても憤る帝国人は一人も居まい。

「ああ…っん、あっ、あぁっ、あ……」

ヨエルは感じまくっているようにアイスラーの髪に指を埋め、濡れた声を上げた。媚薬を飲んでいても、アイスラーの拙《つたな》い舌遣いには全く感じないが、己の意志で性器を昂《たかぶ》らせ、上り詰めるのはヨエルには容易《たやす》いことだ。

「ああっ……あ！　閣下…あ、…！」

やがてヨエルが偽りの嬌声《きょうせい》と共に果て、吐き出した蜜を、アイスラーはさも美味《うま》そうに喉を鳴らしながら飲み下した。蕩けていた目はすっかり濁りきって、夢と現実をふらふらと行き来しているのがわかる。

「……まだ、駄目ですよ、閣下」

寝室に行く間も惜しいのか、その場に押し倒してこようとしたアイスラーを、ヨエルは優しい…だが紛れも無い支配者の声音で阻んだ。

「司教…、な、何故だ…」

膝頭で仰向《あおむ》かされても、アイスラーは屈辱に身を震わせるでもなく、おあずけを喰らった犬のようによだれを垂れ流すだけだ。

ヨエルは艶然《えんぜん》と微笑み、物欲しげに上下する喉に膝頭をぐりぐりと押し付けた。

「実は私…とても悩んでいるのです。悩み事が解決しなければ、とても閣下に可愛《かわい》がって頂くことなど出来なくて…」

「わ…、私では、そなたを助けられないのか？」

「…閣下が、お助け下さるのですか？　どのようなことでも？」

「助ける！　助けるとも！」

——堕ちたな。

確かな手応えを感じ、ヨエルはすっと膝頭を引いた。床に手をついたアイスラーは、靴を履いたままのヨエルの足に恭《うやうや》しく口付ける。

「……では、閣下がお持ちの機密書類を見せて頂けますか？」

「しょ…、るい？　そのようなもので、良いのか？」

「ええ。そうすれば私の悩みは全て消え去りますから」

媚薬とヨエルのまき散らす色香、二重の鎖に理性を縛り上げられたアイスラーは、ふらふらと執務室におもむき、書類の束を抱えてすぐに戻ってきた。予想通り、確定情報とまではいかないが、現段階では最大の情報が揃っている。

ヨエルは特に重要と思われる情報を選《よ》り分け、内容を脳内に叩き込んでいった。訓練されたヨエルの頭脳は、この程度の量ならば、数分とかからず完全に記憶出来る。

「……か。アイスラー閣下？」

いつになく精神を集中していたせいだろうか。ヨエルが気付いた時、その声はすぐ近くまで近付いていた。

……そんな。ここにはアイスラー以外入れないはずなのに！

青褪《あおざ》めたヨエルが、とっさに取り繕う間も、身を隠す間も無かった。無情にも私室の扉は開き、長身の男が入室してくる。

「ヨ……、ヨエ、ル？」

呆然《ぼうぜん》と立ち尽くすリヒトの姿に、ヨエルは思わず舌を打った。

——最悪だ。よりにもよってリヒトに目撃されてしまうとは。

確かに、副官のリヒトならば、万一の場合に備えて司令官の私室まで踏み入れる権限を有している。だからこそ、リヒトが夕刻までクレフたちとの軍議に臨む今日という日を選んだというのに……！

「一体、何をして……」

「……なん、だ？　きさま、ギースバッハのこせがれではないかあ」

ヨエルの足にむしゃぶりついていたアイスラーが、ようやく闖入者《ちんにゆうしや》を察知し、よどんだ目を向けた。

「こんな時まで、私の邪魔を、するかあ……私がせっかく、司教の願いを、叶えてやろうとしていたものをお……」

「閣下、何をおっしゃっているのですか？」

「生意気だあ……貴様なぞ、消えてしまええ……！」

全く嚙み合わない問答の末に、アイスラーは護身用の短刀を抜き放ち、リヒトに襲いかかった。

だが、元々実力差がありすぎる上に、今や媚薬がすっかり回りきっているアイスラーがリヒトに一太刀浴びせられるはずもない。ひらりとかわされた挙句、転んだ弾みでしたたかに頭を打ち、そのまま動かなくなる。気絶したようだ。

「ヨエル…、大丈夫か？」

ぐったりした上官には目もくれず、心配そうに問うてくる男を、ヨエルはまじまじと見返してしまった。

この男は何を言っているのだろうか？　まともな頭の持ち主なら、明らかに尋常ではない上官の狂態と、何より円卓に散らばる書類を見れば、ヨエルが何をしていたかなどすぐに導き出せそうなものなのに。

「大丈夫って…何が？」

思わず問い返してしまったヨエルに苛立つでもなく、リヒトは再度、躊躇いがちに尋ねる。

「アイスラー閣下に、…その…、無体を強いられそうになっていたんだろう？」

「……は？」

一体どこをどう見ればそんな結論に辿り着けるのか。どうしてリヒトは、賊に凌辱《りょうじょく》されかかった憐《あわ》れな乙女を前にしたかのように痛ましそうな表情をしているのか。本気で理解出来ない。

「リヒト、お前何を考えて」

「いいんだ、何も言うな！」

リヒトは大声でヨエルをさえぎり、アイスラーに乱された聖衣を手早く直した。その際に開放されたままのズボンの前に気付いたのか、沈痛な面持ちで軍服の上着を脱ぎ、ヨエルに着せかけてくる。

「大丈夫、大丈夫だ、ヨエル。何も言わなくていい。ヨエルは何も悪くない。…悪いのはヨエルによこしまな欲望をぶつけようとした男の方だ」

——この男は。まさか。

誠実そのものの言葉を聞けば聞くほど、嫌な予感と共に、ずっと抑え続けてきた黒く暗い感情が荒れ狂う。ここから出せと喚《わめ》き立てる。

「前に約束した通り、俺がヨエルを守るから。ゼルの分まで……たとえアイスラー閣下を敵に回すことになっても。だから安心して欲しい」

言い募るリヒトの深い緑の双眸はどこまでも真摯な光を湛《たた》えているのに、ヨエルは底の無い沼底に引きずり込まれそうな恐怖を覚えずにはいられなかった。

ヨエルの真の姿を知れば、いくらリヒトでも幻滅し、ヨエルを軽蔑するものだと思っていた。そうしてくれれば、この心は今、獣のように唸《うな》ってはいない。

——この期に及んで、リヒトはまだ、ヨエルが白百合の花園に佇む聖者だと信じているのだ。

見たくせに。アイスラーを跪かせていたヨエルを。聞いたくせに。アイスラーの言葉を。

「…自分が変わっていないから、他人も変わらないとでも思っているのか？　つくづく、おめでたい頭だな」

リヒトが愚かにも誤解しているのなら、利用してこの場を切り抜けてしまえばいい。理性はしきりにそう警告してくるのに、ずっと溜め込んできた黒い感情は、一度溢《あふ》れ出してしまえば止まらない。止められない。

「……ヨエル…っ⁉」

顔面目がけて投げ付けてやった軍服を、片手でやすやすと受け止めるのが気に入らない。豹《ひょう》変《へん》したヨエルに驚愕《きょうがく》しつつも、まだ慈悲を失わない緑の双眸が癪に障る。

リヒトが自分に向けてくる無垢な賛美の眼差しが、真摯ないたわりや気遣いが、温かく優しいはずの全てが……リヒトの全てが煩《わずら》わしくて、疎ましくてたまらない。

もう、認めないわけにはいかなかった。

――自分はリヒトに、嫉妬している。

再会を果たした時からずっと、羨ましくてならなかった。才能を開花させ、皆に慕われる太陽となってもなお、純粋さを失わない幼馴染みが。憎くて、情けなかった。とうに吹っ切ったはずの感傷を、未だに抱え続けていた自分自身が。

リヒトに非など微塵《みじん》も無いことはわかっている。けれどもう、押し寄せてくる凶暴な衝動を抑えるのは不可能だ。

　リヒトを傷付けたい。洗いざらいぶちまけて、これ以上ないくらいに幻滅させてやりたい。純粋な緑の双眸を、絶望で穢したい。

「見ろ。これが、私がここに来た本当の目的だ」

「……こ、れは……」

　ヨエルに押し付けられた書類を読んでいくうちに、リヒトの顔はだんだん強張《こわば》っていく。

　これらが軍にとってどれほど重要なのか、リヒトほど理解している者は居ない。

「私は教会に命じられ、お前たち帝国軍の機密を盗み出すために派遣された。神の愛なんて、存在もしないものを、わざわざ危険を冒してまで犬どもに説いてやるためじゃない」

　色を失っていくリヒトに怒りで追い打ちをかけてやろうと、あえて屈辱的な呼び方を選んだ。

　だが、ふるふると首を振るリヒトの緑の双眸に溢れるのは驚きと、深い悲しみだけだ。

「違う……。ヨエルが、そんなことをするわけがない」

　呟き、リヒトははっとしたようにヨエルに詰め寄る。

「閣下に脅されているんだろう？　自分のしたことを、決して他言しないようにと…なあ、そうなんだろう？」

「——まだ言うか」

　リヒトは王国軍の動向を予想し、的確に対応するだけの知性を有している。たとえばここで見付けたのがマリウスなら、冷静に捕縛していたはずだ。

ヨエルは昂《たかぶ》る怒りのままリヒトの胸倉を摑み、引き寄せた。半ばぶつけるようにして唇を重ね、驚愕に開かれた隙間から容赦無く舌を侵入させる。

「ヨッ…え、……っ」

反射的に身を引こうとするリヒトの中にいっそう深く入り込み、逃げを打つ舌をねっとり絡め取る。

ヨエルなど簡単に突き飛ばせるリヒトがされるがままになっているのは、ヨエルを傷付けてしまうことを恐れているからだろう。ヨエルには侮辱としか感じられない優しさに付け込み、混じり合った唾液を熱い口内に送り込む。

こくん、とリヒトの喉が上下したところで、ヨエルはようやくリヒトを解放した。

「は……、あ、はあ、はあ……っ」

敵を蹴散らして帰った直後でも疲労の影すら滲ませていなかった男が、褐色の頰を仄《ほの》かに染め、息を切らしている。

初心《うぶ》で無様な姿はほんの少しだけヨエルの溜飲《りゅういん》を下げてくれたが、燃え盛る嫉妬の炎を消すには遠く及ばない。

「はあ……、あ、……あっ、……え……？」

苦しげだった呼吸に艶めいたものが混じりだしたのは、口付けを終えてからほんの数十秒後のことだった。

アイスラーの時よりも早い。どうやら、薬が効きやすい体質のようだ。

自分でも驚いたのか、戸惑うリヒトに、ヨエルは愉悦に浸りながら告げてやる。

「身体が熱くなってきただろう？　私の唾液を飲んだせいだ。私がさっき飲んだ媚薬は、私の体液を摂取した者も快楽の底に叩き落とす。お前の上官は、唾液だけではなく私の精液を飲んだせいで、あそこまでおかしくなったんだ。一時的なものだがな」

「あ…っ、なっ、そんな…違う、ヨエルは、ヨエルは…っ」

「私は聖職者なんかじゃない。……この身体を使って男を誑し込む密偵だ。お前の上官の元をたびたび訪れていたのも、身体を与えてやるためだ」

「違う……ち、が…うっ、ちがう……！」

必死に首を振りつつも、リヒトはさっきまでとは異なり、苦悩に顔を歪《ゆが》めている。

どんなに否定したくても、自分自身の身体が意に反して燃え上がっているのでは否定しきれないだろう。ただの聖職者が、こんな効果をもたらす薬を所持しているはずがないのだから。

本当はリヒトも理解しているのだ。ヨエルが自分たちに仇《あだ》なす裏切り者だと。

その上で、なおも認めようとしない。慕い続けた幼馴染みが、とうに消えてしまったことを。

ヨエルはもう、己の醜い感情を認めたというのに。

——自分だけ無垢で、綺麗《きれい》なままでいようだなんて許さない。

「私を本国の上層部に告発するか？」

「……っ⁉」

「聖職者には俗界の法で裁かれない特権があるが、これだけ証拠が揃っていれば別だ。ことは帝国軍の機密に関わる。告発者が帝国の英雄殿ともなれば、私は即座に捕らえられ、厳しい尋問を受けることになるだろう」

尋問、の一言に、リヒトの頬がぴくりと引き攣った。上級軍人なら、軍による尋問が実際は拷問に等しいことも、命を奪われる可能性が高いことも熟知しているはずだ。

「その場合、法王猊下の助力はまず期待出来ない。何せ猊下こそが私に閨《ねや》の技術を教え込み、任務を与えた張本人だからな。知らぬ存ぜぬを通して、私を切り捨てるだろう」

「……っ、そんな…っ」

「お前はきっとまた昇進するだろうな。機密漏洩《ろうえい》を事前に防ぎ、王国人の高位聖職者を捕らえれば。……さあ、どうする？」

無慈悲な問いかけに、リヒトは両手で頭を抱え、今まで見たことが無いほど悲痛な表情を浮かべる。ヨエルの一言一言が鋭い刃となって、リヒトを切り刻んでいるのだ。

「……でき、ない」

長い葛藤の末、リヒトが吐き出した結論は、ヨエルが予想した通りのものだった。

「出来ない……ヨエルを告発だなんて、出来るわけがない！　だってヨエルは、俺の聖者で…

大切な大切な、……、で…っ」

最後の方は嗚咽《おえつ》のせいでよく聞き取れなかったが、どうせ大切な幼馴染みとでも言ったのだろう。リヒトの頭の中にはお花畑があって、その真ん中には相変わらずヨエルが聖者然として佇んでいるらしい。

「ヨエル…、俺、絶対誰にも言わない。アイスラー閣下には後で俺が釘《くぎ》を刺しておく。だからヨエル、すぐにでもここを出て…」

「任務を放棄すれば、私は猊下の放った刺客に殺される。どこに逃げても無駄だ。教会の目は、大陸中どこにでもあるんだからな。…それに、絶対言わないだなんてただの口約束を、信用出来るものか」

「そんな…じゃあ、どうすれば…」

弱り果てたリヒトとは裏腹に、ヨエルは内心ほくそ笑んだ。

――この時を待っていた。

「なら、私を抱け」

「……えっ？」

「私を抱いて、私のものになれ。そうすれば信じてやる」

本当にリヒトを我が物にしたいわけではない。ただ支配して、白い花に彩られた幻想を打ち砕き、代わりに現実を突き付けてやりたいだけだ。そうすれば、自分ではどうしようもない嫉妬も、少しは和らぐかもしれない。

「…くが……、ヨエルの、ものに……？」

俯《うつむ》き加減の呟きは、不気味にかすれていたせいでひどく聞き取りづらかった。

ヨエルは何故か背筋が粟立《あわだ》つのを感じたが、リヒトがやおら顔を上げればそれもすぐに収まる。

「俺がヨエルのものになれば…、ヨエルは本当に信じてくれるのか…？」

薬が回ったせいで褐色の頬は口付けの直後よりもいっそう色付き、緑の双眸には隠し切れない欲望がちらついている。

誠実な英雄よりも、ヨエルは欲望にまみれた雄の方が遥かに信用出来た。後者なら、いくらでも身体で支配が可能だからだ。

ヨエルは紅い舌を見せ付けるように覗《のぞ》かせ、口の端を舐め上げた。ごくん、と喉を鳴らす男の頬を、白い指先でつつく。

「お前次第だ。……その身体で、私を信用させてみろ」

噛み付くような口付けが、挑発の答えだった。

リヒトは機密書類を元に戻し、アイスラーを寝台に運ぶと、ヨエルを自分の宿舎に連れ込んだ。アイスラーが酒を過ごして寝込むのはよくあることのようだ。介抱を命じられた従卒は、またかと苦い顔をしただけで、怪しみもしなかった。

副官なだけあって、リヒトの宿舎はアイスラーのものには劣るが、それなりに広く、設備も充実していた。寝室には大柄なリヒトでも余裕をもって横たわれる頑丈そうな寝台が置かれている。

「……ヨエル……」

乱れの無いシーツの上に横たわったヨエルを、リヒトがはあはあと荒い息を吐きながら見下ろした。丈の長い上着を脱ぎ去ったせいで、ズボンの厚い布地を逞《たくま》しい一物が押し上げているのがよくわかる。

犯したくて犯したくてたまらないと何よりも雄弁に語るそれにヨエルはふっと微笑み、寝台の脇に直立する軍人を招いた。この若さに容姿、軍での地位まで加われば、帝国では黙っていても女が寄ってきたはずなのに、随分と初々しい。

「どうした？　そろそろつらいだろう？」

「ヨエル……俺は、…俺は…っ」

堪《こら》えきれない、とばかりにリヒトがようやく熱い息を吐き、ヨエルは昏《くら》い喜びに酔った。獣のようにヨエルを犯し、束の間の快楽にせいぜい浸るがいい。次に現実に戻ってきた時には、英雄はもう穢れ無き太陽ではいられない。ヨエルと同じ裏切り者に…ひいてはヨエルから一生搾取《さくしゅ》され続ける下僕に成り下がるのだ。

だが、次の瞬間、リヒトは予想外の行動に出た。飛びすさって寝台から離れたかと思えば、がくりと床に膝をついたのだ。

「ごめん、ヨエル……！　俺、出来ない…！」

「……今更、怖気《おじけ》づいたのか？　それとも、私を告発する気になったのか？」

「…違う、そんなつもりは無い！　…っあ、…ぅっ」

上半身を起こして詰問すれば、リヒトは激しくかぶりを振った。とたん、鼻にかかった甘い呻《うめ》きと共に身をくねらせる。

薬は今この瞬間も、着々とリヒトを蝕《むしば》みつつあるのだ。すぐにでも滾《たぎ》る一物をヨエルに突き入れ、思うがまま揺さぶりたてたいだろうに、この期に及んでどうして拒む？

「ヨエルは…、俺の、…だから…っ」

「……なに？」

よく聞こえなくて身を乗り出すと、リヒトはきつく握った拳を床に叩きつけた。あたかも、争いの無くならない世の無常を嘆く聖者の如く。

「ヨエルは俺の聖者だから！　俺なんかが穢すなんて、出来ない！」

「お前…っ」

「ごめん、…ヨエル、ごめん…！」

ごめん、ごめんとうわ言のように何度も繰り返しながら、リヒトは護身用の短刀を差し出してきた。いつも腰に佩いているサーベルは、寝室の壁に立てかけられている。

「俺が信じられないなら、それで俺を、……殺してくれ。ヨエルを穢すくらいなら、その方がましだ……！」

ぴしん、とヨエルの中で何かに亀裂が入り、壊れる音がした。

今まで幾つもの命を奪ってきたが、あくまで任務だったからだ。ヨエル自身は標的に対し何ら思うところは無かった。

だから、これが密偵になって初めての経験だ。――殺意を抱くのは。

「…本当に、いいのか？」

「ああ…。ヨエルの好きなようにしてくれ」

「好きなように…、な」

言質《げんち》は取った。ならば好きにさせてもらおう。

刃物の扱いも多少は学んでいる。ヨエルは床に下りて短刀を抜き、勢いをつけて一気に振り下ろした。狙ったのは無防備に晒《さら》された首筋でも、心臓でもない。

「……は、…？」

きつく瞑《つむ》っていた目を開けたリヒトが、ぱちぱちと瞬きながら己の身体を見下ろした。襟元からウエストまできっちりボタンの留まっていたシャツは真っ二つに切り裂かれ、鍛え上げられた褐色の肉体が露わになっている。

筋肉によろわれ、贅肉《ぜいにく》の欠片も無い。かつて一緒に水浴びした時よりずっと逞しくなっており、同じ帝国人でもアイスラーなど比較にもならない。まさに鋼の身体だ。これなら確かに、脆弱《ぜいじゃく》なヨエルの蹴りなどはね返してしまうはずである。

「ヨエル…？　どうして…」

「好きにさせてもらったまでだ」

そっけなく言い、ヨエルは下着ごとズボンを脱ぎ去った。これで下肢に残されているのは薄い絹の靴下のみだ。靴は寝台に上がる前に脱いである。

膝をついたままのリヒトと向かい合う格好で寝台の縁に腰を下ろすと、見事な筋肉で隆起した褐色の胸がひくんと上下した。

司教にのみ許される白の聖衣は膝下までの長さがあるが、こうして腰掛ければ膝から下が覗くのだ。きっちり着込んだままの上半身との落差が男の欲望をこよなくそそることを、ヨエルはよく知っている。

「……は、…あ…ッ」

ヨエルが脱ぎ始めたとたん、素早く顔を背けていたリヒトが、ふらふらと手を伸ばしてきた。静まり返った空間に、舌なめずりが響く。

さっきアイスラーにしゃぶられたばかりのヨエルの性器は、まだ精液の匂いを纏わりつかせている。ごく僅かとはいえ、薬に蝕まれた今のリヒトには耐え難い誘惑だ。普通の人間なら、欲望の権化となってヨエルに襲いかかってもおかしくない。

「あ…、ああっ…、だ、…めだ、ヨエル……ヨエルは、俺の……ヨエルは……っ」

首を振って抗《あらが》うリヒトの精神力はたいしたものだ。

だが、それもヨエルがゆっくりと爪先をリヒトの鼻先にかざしてやるまでのことだった。

「ヨエル…、ああっ、ヨエル、俺の、ヨエル、俺の俺の……っ」

口の端からよだれを零《こぼ》しながら、リヒトはヨエルの足の指にむしゃぶりついた。絹の靴下越しに味わう指先に恍惚《こうこつ》としたのも束の間、はっと身を引こうとしたリヒトを、ヨエルは爪先を更に突き出して阻む。

「ふっ…、う、ふうう…っ、う……」

戻りかけていた理性は今度こそ霧散し、リヒトは頭を大きく上下させながらヨエルの足の指をしゃぶった。親指をしゃぶり尽くし、次の指にかかろうとしたところで、ヨエルはすっと足を引く。

靴下に包まれた爪先とリヒトの唇の間を、唾液の糸が結んでいる。

「あ、ああ、ヨエ、ル……」

どうして、と濡れた唇をわななかせるリヒトに、ヨエルは微笑んだ。リヒトのよだれまみれになった爪先を、鼻先でひらひらと揺らめかせる。

「脱がせてもいいんだぞ?」

「…う、うう…」

「私をじかに、味わいたいだろう?」

「うあ…っ、あ、ああっ!」

リヒトは獣めいた咆哮《ほうこう》と共にヨエルの爪先にかぶりついた。

そのままた指をしゃぶるのかと思いきや、靴下だけを器用に犬歯にかけ、引っ張って脱ぎ落とさせる。もう片方の靴下も同じ要領で脱がせると、晒された素足の白さにほんの一瞬呆《ほう》けたように見惚れ、今度こそ指先を口内に含んだ。

「うっ…んっ、ん、ふぅ…っう、ううっ」

「…そんなに美味いか?」

「うっ、うう!　うう、うっ!」

指先を咥《くわ》えたまま、盛んに首を縦に振るリヒトは、まるでやっとありつけた餌を絶対に失うまいとする野良犬だ。いつも綺麗に整えられている金髪はすっかり乱れ、緑の双眸からは理性が失われている。フランツやリヒトを慕う兵士たちが目の当たりにしたら、憧憬《しょうけい》も忠誠も一瞬で消滅するだろう。

だがヨエルは、惨めなはずの姿に心が今までにないくらい弾むのを感じていた。

――まだ足りない。太陽のような男を、もっともっと堕落させてやりたい。

ヨエルは自由な方の足で軽くリヒトを蹴り付けて注意を引き、聖衣の裾をゆっくりとまくり上げていく。

「う……っう、ん…はぁ…っ」

指先を味わいつつも、リヒトの目は少しずつ露わになっていくヨエルの白い脚線に釘づけだ。痛いほどの熱い視線が、欲望と期待を孕《はら》んで射る先は、ヨエルのほっそりとした脚の付け根——その奥に実る肉の果実である。

あともう少し裾を引き上げれば、剝き出しの性器が晒《さら》される。ヨエルはその寸前で手を止めた。

欲しければ自分から動け。犬らしく這いつくばって、餌に喰らい付け。

無言の挑発を、リヒトは正しく受け止めた。もはや人間のものとは思えない雄叫《おたけ》びを上げ、聖衣の裾に潜り込むと、ぐりぐりと頭を動かし、あっという間に股間に辿り着く。

荒い吐息と鼻息が、ヨエルの淡い茂みを揺らした。

「ヨエ…ル、ヨエル、ヨ…エ、ル……」

「……あ、…っ！」

熱い口内に包まれた瞬間、快感が爪先から頭まで駆け抜ける。下僕たちに口で奉仕させることはままあるが、含まれただけでこれほど強い快感を得たのは初めてかもしれない。

……薬を使うのは久しぶりだから、いつもより効いているのだろうか？

「んん、ふっ、…っん、……ふぅっ」

厚い布地越しに、情欲に爛《ただ》れた低い声が響く。リヒトはひとしきり性器の表面を舐めてから、もっと精液を飲ませてとばかりに、先端がリヒトの喉奥を突く勢いでしゃぶり始めた。

「……あ、…っ、あ…」

リヒトの頭の形に盛り上がった聖衣が、リヒトの動きに合わせて上下するたび、ヨエルもまた小刻みに肩を揺らしていた。さっき一度出したばかりなのに、もう股間に熱が集まっている。自分の快感すら支配下に置いてきたヨエルが、そのつもりも無いのに射精を煽《あお》られるなんて、密偵になってからは初めてのことだ。

薬のせいにしても、ヨエルだけがあっさり果ててしまうのは癪だ。ヨエルは白い太股にしがみつき、夢中で性器を味わう男の膨《ふく》らんだ股間を、唾液まみれの爪先でつついた。

「んぐぅっ…ん、ふ、ふぅっ、ん、ん」

いきなりの刺激にリヒトは小さく跳ねたが、ヨエルが聖衣の上から頭を押さえ付けてやればすぐにまた喉奥まで性器を頬張り、しゃぶりだした。

リヒトの股間は、ヨエルの爪先を押し返してしまいそうなほど硬く、布越しにも熱い。少し力を入れてぐりぐり抉《えぐ》ってやるだけで、滲み出た先走りが軍服のズボンを湿らせていく。

「ふ…っ、ふふ、ふ…っ」

堂々たる体軀《たいく》に見合った、太く長い一物が自分の足に押さえ込まれ、ここから出たいと泣きじゃくっているのだと想像するだけで笑いが止まらない。

リヒトが性器をしゃぶりたてる速度に合わせ、ヨエルもリヒトの股間をつついては抉る。足裏全体を使って踏み付ける。性器を貪られる快感と、足裏に伝わってくるリヒトの一物の力強い脈動が、ヨエルを高みへいざなっていく。

「ふっ、うう……っ」

「あ、や、……あっん！」

布地の下で一物が弾けるのを感じた瞬間、ヨエルもまたリヒトの口内に二度目の精液を放っていた。リヒトはいっそう強く性器に喰らい付き、腰を揺らしながら、喉と舌を使って一滴も零すまいとヨエルの精液を搾り取り、嚥下《えんか》していく。

むわりとたちこめる、濃厚な雄の匂い。

ヨエルより遥かに大量の精液がみるまにズボンに染み込んで漏れ出し、ヨエルの足裏を濡らしていく。とろみのある液体は熱くて、火傷《やけど》してしまいそうだ。

「はあ…、はあ、…あ、あっ…」

ヨエルが荒い息を整える間にも、ズボンの中の一物は驚異的な回復を遂げ、再びヨエルの足裏を押し返すまでになった。

薬の効果を差し引いても、これほど精力絶倫の男は滅多に居ない。思わず足を引こうとするが、すかさずリヒトに足首を摑まれてしまう。まだ聖衣の中に頭を突っ込んだままなのに、まるで周囲がちゃんと見えているかのようだ。

「……まだ……」

「……リヒト？」

「これだけじゃ…足りない。もっとヨエルを…飲みたい……」

「…や、…ああ！」

がばりと大きく脚を開かされた弾みで、聖衣の前ボタンが半分以上引きちぎれ、ぶちぶちと飛んでいった。隠れていた金色の頭が現れる。リヒトはヨエルをうっとりと見上げ、視線をヨエルに据えたまま、萎えた性器を再び口内へ迎え入れていく。

「あっ、…あぁっ、…っん、あ……無理、だ…リヒト…もう…っ」

執拗《しつよう》にしゃぶりたてられれば快感を得はするが、そう立て続けに射精は出来ない。両の踵《かかと》でリヒトの肩を蹴り、いい加減にしろと訴えても、リヒトは聞かない。ぷるぷると震えるヨエルの陰嚢《いんのう》を指で揉《も》み込み、高い鼻先をしつこく擦り付けては射精をねだる。

解放された脚でリヒトの頭を両側からきつく挟み込んでやっても、効果は無かった。むしろ柔らかくなめらかな内腿《うちもも》の感触を至福の表情で受け止める。それを与えてくれるヨエルを、信奉者の眼差しで見上げてくる。いっこうに離れようとする気配は無い。

「は…っ、あ…、あっ、あ……」

演技ではない嬌声が意に反してヨエルの唇から零れるたび、興奮しきった鼻息が股間の茂みを揺らし、性器をいっそう深く咥え込まれる。足裏にぐいぐいと擦り付けられる股間はすっかりぐしょ濡れになり、ぐちょぐちょとぬかるんだ音をたてている。

「やっ……、あ……！」

やがてヨエルは無理矢理絶頂に引き上げられたが、吐き出した精液はさっきよりもずっと少なかった。もう三度目なのだから当然だ。射精の瞬間、男はどうしても無防備になってしまうから、標的に仕掛ける時でもヨエルはなるべく達しないようにしてきた。

「ヨエル…もっと、もっともっと、ヨエルを……」

少ない精液を口内全体でじっくり味わい、ようやく名残惜しそうに飲み込んだリヒトが、またも性器に唇を寄せてくる。

「く…、来るな…っ」

体中の精気ごと残らず吸い尽くされてしまいそうな恐怖に襲われ、とっさに寝台についた腕で後ずさるが、状況を悪化させるだけだった。寝台に乗り上げてきたリヒトに仰向けに押し倒され、太股《ふともも》をがっちりとした肩に担ぎ上げられる。

「……ヨエル……」

みたび、性器にしゃぶりついてくる男の緑の双眸が、ぎらぎらと輝いている。

――その底知れない輝きを最後に、ヨエルはしばらく気を失っていたらしい。

妙な息苦しさで目を覚ますと、大きな傷の刻まれた、だがはっとするほど端整な顔が間近にあった。ぐちゅんと音がして、舌を絡め取られ、口付けられているのだとようやく気付く。僅かな隙間をも惜しむように重ねられた鋼の肉体は、しっとりとなめらかで、リヒトが全裸であ

ると教えてくれる。

……口付け？　いや、違う。リヒトはただ、ヨエルの唾液を啜っているだけだ。舐めてもしゃぶっても揉んでも吸っても、性器が一滴も精液を出さなくなったから。

聖衣は気を失っている間に剝ぎ取られたらしい。白い裸身には、あちこちに自分のものではない精液が付着し、濃厚な雄の匂いを放っていた。ヨエルの体液を啜りながら、リヒトが達した回数は一度や二度ではあるまい。

にもかかわらず、リヒトの一物は気を失う前と変わらない——いや、それ以上の熱と硬さでヨエルの性器を押し潰さんばかりに圧迫している。

体液と一緒に薬の成分を取り込んだせいにしても、一体この男は、どれほどの精力を秘めているというのだろう。犯し殺されるかもしれないと危機感を抱いたのは、初めてエーベルハルトや大司教たちに犯された時以来だ。

「リ……ヒ、ト」

ヨエルの舌から奪い取った唾液を存分に味わおうと、リヒトが唇を離した隙に、ヨエルはずっしりとした身体の下から這うようにして抜け出した。

とたん、リヒトはヨエルの足首を摑み、再び身体の下に収めようとしてくる。獲物を奪われまいとする獣にも似た必死さで。

「あ……あ、あっ、うあああっ」

意味を成す言葉は、リヒトから今や一言も出てこない。帝国の英雄はおろか、人間ですらなくなりつつある本能剝き出しの姿は、ヨエルが望んだもののはずなのに、そら恐ろしさしか感じない。このままでは、唾液さえも吸い尽くされてしまえば、次には血を啜られてしまいそうだ。

だから、ヨエルが四つん這いになって自ら尻のあわいを晒したのは、己の身を守るためだった。幸い…と言っていいのか、性器から伝い落ちたリヒトの唾液のおかげで、蕾《つぼみ》は程良く濡れて綻んでいる。

「ここに…、お前の、ものを…」

男を誑し込むための蕾を、自ら拡《ひろ》げてみせるのは屈辱だったが、命には代えられない。こころゆくまで犯させ、精液を吐き出させてやれば、欲望はいずれ収まるはずだ。

「はあっ…、ハア、ハ……ッあ、アアっ……」

収まるべき鞘《さや》を目の当たりにして、ようやく己の剣の存在を思い出したのか、リヒトが股間でそそり勃《た》つソレをひくつく蕾にあてがう。

熱い感触に首だけで振り返り、そこでやっとリヒトの一物を拝んだヨエルは、己の選択が誤っていたかもしれないと悟った。

何度も精を吐き出しているとは到底思えないほど漲《みなぎ》っているソレは、ヨエルが今まで受け容れてきたどの男のものよりも太く、隆々として、まさに男性の象徴だ。他の部分より色の濃い皮膚に幾筋もの血管が浮き上がり、どくどくと脈打つ様が、凶悪さに拍車をかけている。

こんなものに蹂躙《じゅうりん》されたら、いくらヨエルでも壊されてしまうかもしれない。

「や、駄目…っあ、あっ、あああ…、あー……っ！」

思わず口を突いた拒絶は、ぬるぬると入り口を滑っていた熟れきった巨大な先端がめり込んだとたん、悲鳴に変わった。

いくら防音性に優れた宿舎だからといって、別室には世話役の従卒も控えているのだ。堪えなければと思っても、叫びの形のまま固定されてしまった唇からは、ひっきりなしに声が漏れてしまう。

「うっ、ああっ、あー…っ、あ……」

男など今まで数えきれないくらい銜《くわ》え込んできたし、そういう趣味のある貴族に嬲《なぶ》られながら犯されたことだってある。こなれているはずの胎内は、だがリヒトが腰を進めるたびにみしみしと軋《きし》み、ヨエルに恐怖を与えた。

「く、…っう、ふ、…っん、ん……」

ヨエルはシーツに突っ伏し、腹を強制的に拡げられる未知の感覚に耐えた。尻に凶器のような肉杭《くい》がずぶずぶと沈み込んでいく光景など、見ていたくはなかった。

唯一の救いは、血の匂いもしなければ、裂けた感触も無いことだろう。一時は二つに裂かれるかと危惧したほどの痛みも、少しずつ和らいできた気がする。…その分、腹の中で脈打つものの硬さや大きさを、よりはっきりと感じてしまうのだが。

尻にリヒトの濃い茂みが触れ、根元まで胎内に収められたのだと悟ったヨエルは、無意識に己の腹を撫でていた。

「は……あ、あぁ、ああ……」

なめらかな皮膚の感触に、安堵の息が漏れる。そんなことなどありえないはずなのに、大きすぎるものに腹を食い破られてしまうのではないかと、本気で不安にかられていたのだ。

だが、ヨエルにしてみれば何気無い仕草は、どういうわけかリヒトの劣情を煽り立ててしまったらしい。

「……ヨエ、ル……」

「いっ…、あぁ！」

項《うなじ》をぞろりと舐め上げられた直後、思い切り噛み付かれ、ヨエルは仰《の》け反《ぞ》った。肉を抉られる激痛に、漂う血の匂いが、残された僅かな理性も気力も奪っていく。

項に舌を這わせたまま、リヒトはヨエルの下肢をがっちりと抱え上げ、激しく腰を打ち付け始めた。

「ヨエル…、ヨエル、ヨエル…俺の、聖者…」

「ひっ、あ！　あっ、はぁっ、あっ、あっ」

一突きされるたびに、今まで誰にも侵されたことの無い奥の奥まで入り込まれ、胃の腑《ふ》がせり上がってきそうだ。もはや少しの力も入らない下肢は、リヒトに捕らわれていなければ寝台にくずおれてしまっているだろう。

「もっと…撫でて。俺を…求めて、ヨエル…」

脱力して投げ出されていた手を摑まれ、リヒトを受け容れさせられている腹の上へと再び導かれた。

「やっあ、あっ、あーっ……！」

薄い肉と内臓を隔てた向こうに、自分のものではない硬い肉剣の存在と、ソレに思うまま突き上げられる胎内のわななきを確かに感じてしまい、ヨエルは反射的に手を離そうとした。

だが、リヒトはもう片方の手も纏めて腹に触れさせ、己の逞しさを思い知らせるように激しく突き上げる。一物の形に合わせてぼこぼこと膨らまされてはへこみ、だんだん一物に馴染んでいく胎内を、内から外からつぶさに感じさせられる。

まるで、ヨエルの中にヨエルを求める獣が宿されたかのようだ。

「ひ…いっ、あっ、や、あ…う、ごいて…」

男同士の交わりなど、ただ快楽を得るための行為に過ぎない。そこから生み出されるものなど何一つ無い。

だが今、ヨエルがされているのは交わりではなくまぐわいだ。獣が自らの仔《こ》を孕ませるための行為だ。男の身体が子を生《な》すことは無くても、代わりに他の何かを孕まされ、産まされるような予感がしてならない。

「ヨエルっ…、ヨエル、…き、だ……」

「は……っ、あ、あっ、あぁっ」

かすれた睦言《むつごと》を聞き取ることも出来ず、ただひたすら蹂躙に耐えるうちに、突き上げはだんだん小刻みで余裕の無いものに変化していった。

そろそろ終わりが近いのだ。

ヨエルはやっと解放される喜びと、それを上回る恐怖に襲われる。

……中に出されてしまったら、リヒトを孕まされてしまうかもしれない。

ありえない事態だ。妄想にもほどがある。

誰かがヨエルの思考を読み取ったなら、そう指摘するのだろうが、今のヨエルは本気だった。本気で、中に出されるのが怖かった。

けれど、ずっしり重い鋼の肉体にのしかかられ、深々と突き刺さった肉杭を打ち込まれたヨエルに出来る抵抗と言えば、ただ銀の髪をぱさぱさと散らしながら首を振るくらいだ。項をいっそうしつこく舐められたところを見れば、それすらもリヒトにとっては抵抗にも入らず、更なる欲情を誘う媚態にしかならなかったようだが。

「好きだ…ヨエル、…ずっと…好きだった、俺のヨエル……ッ」

「……っあ、ああっ！　や…っ、だ、出す、なぁ……っ！」

背後からきつく抱きすくめられた瞬間、胎内の一物が勢い良く弾《はじ》けた。誰にも侵されたことの無い奥に、大量の精液がどくどくと注がれる。びくびくと身動《みじろ》ぎするたび、いっそう強くのしかかられ、押さえつけられる。大人しく孕めと無言で恫喝《どうかつ》される。正しく、それは獣が確実に受精させるための動きだった。

「好きだ……ヨエル、俺の聖者……好きだ……」

歓喜の滲む囁きと、胎内に広がっていく精液の熱さに、ヨエルの意識は少しずつ焼かれていった。

『……これ』

熱い日差しの照りつける山裾の森の中、金髪に褐色の肌の少年が、摘んだばかりの白百合《しらゆり》をヨエルに差し出してきた。同じ顔をした少年の弟は、珍しいバッタを捕まえようと傍《そば》の草むらにしゃがみ込んでいる。

『……くれるの？　俺に？』

つい確かめてしまったのは、少年からヨエルに話しかけてくるのがとても珍しいことだからだ。快活な兄弟と違い、少年は寡黙で、こうして一緒に遊びに付いて来ても、ただじっとヨエルたちを眺めているだけなのがほとんどだった。滅多に感情を映さない底なし沼のような目を密《ひそ》かに不気味に思っているのが、少年にも伝わっているのだろうか。

『男が花なんか貰《もら》ったって、嬉《うれ》しくないけど……』

そんな後ろめたさや、思いがけず話しかけられた嬉しさも手伝い、ヨエルはぼやきつつも素直に白百合を受け取った。もし差し出してきたのが少年の弟の方だったら、男に花など似合うものかと突き返していただろう。

『……ありがとう、ゼルギウス』

ヨエルの礼に、少年は珍しくも少しはにかんだように左手で金色の髪を掻《か》きやった。


……ああ、そうか。あれはゼルギウスだったのか……。

ゆっくりと浮上していく意識と共に、遠い過去の思い出がよみがえり、ヨエルは聖者像の泉で抱いた違和感の正体に気付いた。ヨエルに白百合をくれたのは、リヒトではなくゼルギウスだったのだ。

院長から学問を教わっている方がよほど有意義だろうに、どうしてゼルギウスはわざわざ蒸し暑い真夏の森までいつも付いて来ていたのだろうか。当人はもうこの世には居ないのだから、今となっては真意を尋ねることも出来ないが……。

ぼんやり考えていると、冷たく柔らかいものが唇に触れた。水に浸した綿だ。染み出てくる水を嚥下《えんか》したとたん、ヨエルは小さく咳《せ》き込む。

「…けほっ、けほっ…」

「――ヨエル⁉」

ガタンッと椅子を蹴倒す大きな音がして、逞《たくま》しい腕がヨエルの上半身を抱え起こしてくれた。大きな掌《てのひら》が背中をさすってくれるおかげで、咳《せき》もだんだん治まっていく。

「ここ、は……?」

ようやく呼吸も楽になり、絞り出した声はひどくかすれていて驚いた。喉がじわじわと痛みを訴えている。

いや、喉だけではない。どこもかしこも軋《きし》むように痛かった。特に酷《ひど》いのは腰と脚の付け根、そして尻のあわいだ。全身が鉛のように重くて、思い通りに動かせない。

「良かった、ヨエル……!」

「ぐ……っ」

きつく抱きすくめられ、息が止まりそうになったが、幸いにもリヒトはすぐに解放してくれた。

渡されたマグの水をこくこくと飲み干すヨエルを、緑の双眸《そうぼう》が心底安堵《あんど》したように見詰めている。そこにあの狂った熱が宿っていないことに、ヨエルは胸を撫《な》で下ろした。

渇いた喉が潤されれば、判断力も戻ってくる。周囲を見回し、自分が寝かされているのがリヒトの宿舎であるのを確認すると、ここで何があったのかも鮮明に思い出せた。

猛烈な自己嫌悪と屈辱がこみ上げ、ヨエルは拳《こぶし》を固く握りしめた。

任務の現場を目撃された挙句、自らこちらの目的まで暴露し、最後は滅茶苦茶に犯された末に気を失うとは、なんという失態だ。リヒトに対する嫉妬《しっと》で、頭がどうかしていたとしか思えない。

どれくらい眠っていたかわからないが、その間にリヒトがクレフにでも報告していたら、今頃宿舎の外はヨエルを捕縛に来た帝国兵たちに包囲されているかもしれない。

鎧戸《よろいど》で閉ざされた窓の外をじっと窺《うかが》っていると、肩にふわりと薄手の毛布がかけられた。優しい温《ぬく》もりに包まれ、ヨエルはやっと自分がぶかぶかのシャツ一枚を纏《まと》ったきりだということに気付く。おそらく、リヒトのものだろう。べたべただった肌も綺麗《きれい》に清められてさらりとしている。

「心配しないで。誰にも言ってないから」

「な…、に…？」

「ヨエルは俺の告解を聞きに来た直後に熱を出して倒れ、こちらで寝かせていることにしてある。昨日の夜、マリウスにもそう言っておいた」

「昨日の、夜？　……私は、どれだけ寝ていたんだ？」

恐る恐る尋ねれば、リヒトは逡巡《しゅんじゅん》しつつも答える。

「……丸一日。今は、ヨエルがここに来た日の翌朝だよ」

「丸一日……」

ヨエルが呆然《ぼうぜん》と呟《つぶや》くと、リヒトは倒れた椅子の横に両膝をつき、額を床に擦《こす》りつけんばかりに頭を下げた。

「すまなかった……！」

「…リヒト？」

「俺はヨエルに、償いようの無い仕打ちをしてしまった……昨日の夜、我に返ったらヨエルはぴくりとも動かなくなっていて、……こ、…殺してしまったかと、思った……」

昨夜を思い出してしまったのか、軍服に包まれた肩がわなわなと震える。そこに金の肩章は無かった。よく見れば、襟章もだ。

「すぐに眠っているだけだとわかったけど、軍医を呼ぶわけにもいかなかった。俺に出来たのはただ、ヨエルを綺麗にして着替えさせ、時々水を飲ませるくらいで…このまま二度と目を覚ましてくれなかったらどうしようかと思った。ヨエルが死んでしまったら…俺は生きる意味を失《な》くしてしまう……」

「お前は……」

切々と訴えられ、ヨエルはごくんと唾を飲んだ。途中から正気を失っていたとはいえ、ヨエルがアイスラーの宿舎で何をしていたのか、何をぶちまけたのか、忘れたわけではないはずだ。

「覚えていないのか？　私は口封じのためにお前を誘惑したんだ。お前はただ、薬のせいで暴走した被害者で…」

「――違う」

膝をついたまま、リヒトは毅然《きぜん》と胸を張った。正気を取り戻した緑の双眸が、まっすぐにヨエルを射る。

「確かに、薬でおかしくなっていたのは認める。でも、ヨエルを抱いたのはあくまで俺の意志だ」

「え……？」

リヒトは一瞬きつく目を瞑《つむ》ると、片膝を立て、ヨエルの掌《てのひら》にそっと唇を落とした。ヨエルでさえ知っている。これは、帝国軍人が求婚する際の正式な作法だ。

「俺はヨエルを愛している。……初めて逢《あ》った時から、今もずっと。ヨエルの世話役を買って出たのも、なるべく長い間、傍に居たかったからだ」

「お前……正気か？」

だって、この男はもうわかっているはずだ。ヨエルが今まで信じてきた高潔な聖者などではなかったのだと。身をもって思い知ったはずだ。

なのに何故《なぜ》、緑の双眸は輝きを失うどころか、燃え盛る炎のようなきらめきさえも備えてしまっているのだろう？

「私は、教会の密偵だ。モルトを訪れたのは慰問などではなく、任務のためだ。私が任務を成功させれば、お前たち帝国軍は多大な被害を受けることになる」

「ああ。それは昨日聞いた」

だからなんだと言わんばかりのリヒトを、ヨエルは苛々《いらいら》とシーツをかきむしりながら睨《にら》み付ける。

「……私はこの身体《からだ》を使って数多《あまた》の人間を籠絡し、地獄に落としてきた。昨日、お前としたことを、数えきれないほどの男としてきたんだぞ」

「ヨエル……」

「任務ならどんなことでもしたし、どんな相手とでも寝た。昨日、お前にされたことなんて、まだ可愛《かわい》いものだ。教会が取り入りたい人間は、たいてい一癖も二癖もある奴《やっ》らばかりだったからな」

たたみかけられるうちに、リヒトは少しずつ俯《うつむ》いていった。

きっと、改めて事実を聞かされ、落胆したのだろう。いびつな快感を覚えたヨエルだが、すぐに疑問が取って代わる。再び顔を上げたリヒトは、落胆とは程遠い、晴れやかな笑みを浮かべていたのだ。

「そうか——良かった」

おまけにそんなことまで言うので、ヨエルは目を剝《む》いてしまった。一体今までの話のどこに、良かったことがあったというのだ。

ヨエルがまき散らす殺気混じりの怒りを、リヒトは笑顔のまま受け止めた。

「だってそれはつまり、愛しているからヨエルを抱いたのは俺だけだってことだろう？」

「は……、あ？」

「勿論《もちろん》、ヨエルをそんな目に遭わせた法王たちは許せない。……いつか必ず、この手で報いを受けさせてやる」

低い呟きはヨエルさえもぞっとさせる冷気を帯びていたが、すぐにさっきまでの喜びに満ちた声がよみがえる。

「それでも、ヨエル…俺は嬉しいんだ。酷いやり方でも、ヨエルに愛を注げたのが俺だけだっていうことが……」

「…本気、なのか？」

「冗談でこんなことを言えるほど酔狂じゃない。…だから、ヨエル。俺は跪《ひざまず》き、許してもらわなければならない。……愛するヨエルに無体を強いたこと、そして、これからもヨエルを愛し続けることを」

リヒトは懐を探り、取り出した肩章と襟章をヨエルの掌に乗せた。リヒトが今まで、文字通り命がけで勝ち取ってきた武勲の証《あかし》だ。

これらをどうしろというのか。いぶかしむヨエルに、リヒトは告げた。

「ヨエルの好きにしてくれ。何なら、王国軍に持ち込んでもいい」

皇帝直々に下賜するという上級軍人の肩章と襟章を失い、あまつさえ敵方の手に渡ったとなれば、リヒトの名誉は地に落ちる。ヨエルは今、軍人としてのリヒトの生殺与奪《せいさつよだつ》の権利を握らされたも同然なのだ。

「どうして…そこまで…」

思わず怒りも忘れて呟けば、リヒトは肩章と襟章ごとヨエルの手を握り締めた。ヨエルを包み込んでなお余りある大きな手は、昨日あれだけ熱を帯びていたのが嘘《うそ》のようにひんやりとしている。

「言っただろう？　俺はヨエルに再会するためだけに生きてきたんだ。それが叶《かな》った今、ヨエルに許してもらえるのなら、こんなものはどうなったって構わない」

「リヒト……」

「ヨエルは自分が変わったと言うけど、俺にはそうは思えない。俺にとっては今もヨエルは俺を…俺たちを助けてくれた聖者のままだ。欲望にかられてヨエルを求めるようなケダモノたち如《ごと》きに、ヨエルを穢《けが》せるわけがない」

胸の奥で、どくんと心臓が大きく脈打った。同時に生じた怒りとは違う熱い何かが、血に混じって身体を巡りだす。

……何だ、これは？

戸惑い、シャツの上から胸を押さえても、心臓は少しも静かになってくれない。

「俺はヨエルが望むなら、どんなことでもする。アイスラーよりもヨエルの役に立ってみせる。だから、ヨエル…利用するなら、俺だけにしてくれ。その代わりに、俺がヨエルを愛し続けることを許して欲しい」

「…帝国の英雄が、軍を裏切ると？」

「俺は英雄なんてモノになった覚えは無い。周囲が勝手にそう呼んでいるだけだ。俺の忠誠も愛情も、…全ては皇帝ではなく、ヨエルに捧《ささ》げている」

軍の誰かに聞かれたなら、反逆罪と不敬罪に問われ、その場で殺されてもおかしくないのに、リヒトは平然としたものだ。

――英雄なんてモノになった覚えは無い。周囲が勝手にそう呼んでいるだけ。

自分がどれだけ傲慢《ごうまん》で残酷なことを言っているのか、才気溢《あふ》れる男には決して理解出来ないのだろう。

苛立ちと嫉妬、そして今生まれたばかりの得体の知れない何か。様々な感情を、心の奥底に押し込める。

ヨエルは失態を犯しすぎてしまった。アイスラーを堕《お》としに行ったはずが、リヒトの宿舎で介抱されているヨエルを、マリウスも不審に思っているはずだ。

ヨエルにすげなくされ、恨みを抱いているかもしれないあの男にリヒトとの一件を知られたら、大教会に呼び戻されるのは必至。かつてそうだったように、ヨエルは懲罰と称して何日もエーベルハルトたちのなぐさみものにされるだろう。当然、大司教の座はますます遠のいてしまう。

任務を完遂する道は、一つだけしか残されていないのだ。ならば、その道を進むしかない。こともあろうにヨエルなどを聖者と呼び、恋い慕う男と共に。

「――いいだろう。私はお前の気持ちを受け容《い》れることなど出来ないが、お前が私をどう想《おも》うのも自由だ。私のために祖国を裏切れ。代償として、身体くらいならくれてやる」

ヨエルはリヒトが制止するのも聞かずに布団を抜け出し、寝台の縁に腰かけた。膝までのシャツからすらりと伸びる白い脚を、跪く男に差し出す。

「……ヨエル…俺は……」

リヒトはやるせなさそうに唇を噛《か》み、腕をさまよわせ、それでも最後は歓喜に打ち震えながらヨエルの脚を取った。神に祈りを聞き届けられた信徒のように抱き締めて、頬を擦り寄せた。どくん、とまた胸が高鳴ったのは、数多の兵士たちから慕われる英雄を跪かせている優越感のせいだろうか？

「それでも愛している……俺の聖者……」

足の甲やふくらはぎに口付けの雨を降らされながら、ヨエルはふと、リヒトは今どんな目をしているのだろうかと思った。

弱った胃にも優しい食事をかいがいしく食べさせられた後、ヨエルは自分の天幕に戻った。案の定、待ち受けていたマリウスに何があったのかと詰め寄られたが、リヒトを手駒にしたと告げれば、あっさり態度を変えた。

「さすがはヨエル様。お見事な手腕です。情報源としては、じかに戦闘の指揮も執るギースバッハ准将の方がアイスラー閣下よりも優れています。それで首尾はいかほどで…おお、これはこれは…」

ヨエルが無言で渡した紙片を読むマリウスの目が、興奮に染まっていく。紙片に記されているのは、リヒトから聞き出したばかりの機密情報だ。アイスラーの元にあったものよりも詳細で、重要度も高い。

「素晴らしい…これなら法王猊下《げいか》もお喜びになるでしょう」

「言っておくが、その情報通りに動きすぎるなよ？」

リヒトから得た情報は、重要であるが故に知る者は限られてくる。王国軍が突然快進撃を始め、情報の漏洩《ろうえい》が露呈すれば、リヒトは真っ先に嫌疑をかけられてしまう。

ヨエル以外の人間がリヒトを捕らえ、跪かせるなど許せない。あの男を踏みにじっていいのはヨエルだけなのだから……。

「承知しております。情報源は出来うる限り長く活《い》かし、限界まで情報を絞り取るべきですからね。…ヨエル様、どうされたのですか？　お顔の色が悪いですが…」

「あ…、いや、何でもない。まだ熱が下がりきっていないようだ。少し休むことにする」

ヨエルが寝台に入ると、マリウスは何の疑いも持たずに出て行った。幸い、内心の動揺を悟られずに済んだようだ。

布団に潜り込むなり、安堵の息が漏《も》れる。

……そうだ、情報漏洩の露呈を防ぐのは、あくまで任務のためだ。ヨエルの意志など、関係あるはずがない。

「…寝るか」

熱はマリウスを追い払うための方便だが、まだ昨夜の荒淫《こういん》の疲れは癒《い》えきっていないのだ。休んで体力を取り戻さなければならない。

『後で必ずヨエルのところに行くから。今日は絶対に天幕から出ないで、ゆっくり休んでいてくれ』

毛布を首元まで引き上げれば、リヒトの心配そうな顔が思い浮かんだ。

最初、リヒトは心配だからと言い張り、ヨエルをそのまま自分の宿舎に留め置こうとした。リヒトにもこなさなければならない任務があるし、いくら幼馴染《おさななじ》みでも長居しすぎるのは怪しまれるだろうと言い聞かせ、ようやく天幕に送り届けてくれたのだ。

『心配だから、フランツの他に衛生兵も隣の天幕に待機させて、定期的に様子を見に行かせるようにしておく。ああ、でも心配だ…ヨエルは昔から風邪を引きやすかった。体力が落ちているところに風邪を引いたりすれば、命に係わるかもしれない…』

心配だ、心配だと何度も繰り返されるのは妙な気分だった。

確かに幼い頃のヨエルは、季節の変わり目にはよく風邪を引いて伏せっていた。けれど院長が作ってくれる薬湯は苦くてもよく効いたし、リヒトとゼルギウスが常に傍に居てくれたから、つらくはなかった。むしろ、リヒトがゼルギウスに教わりながら本を読んでくれたり、花を摘んできてくれたりしたから、嬉しかったくらいだ。

けれどエーベルハルトに捕らわれてからは、体調を崩そうと誰も心配などしてくれなかったし、そのせいで任務に支障が出れば酷い仕置きを受けた。だからヨエルの身体は自然と強くなり、風邪など滅多に引かないようになったのだ。

誰かに純粋にいたわられるなど、どれほどぶりだろうか。しかもそれはリヒトで、ヨエルを出逢った時からずっと愛していたと言うのだ。

……まさか、リヒトがそんな想いを抱いていたなんて。

とりとめの無いことを考えているうちに、どうやら眠ってしまったらしい。

髪をそっと撫でられる感触で目覚めると、がたんと大きな音がした。

「リヒ、ト…？」

寝台のすぐ傍で、リヒトが後ろに倒れ、尻をついてしまっている。気性の荒い軍馬を颯爽《さっそう》と乗りこなしていた姿が嘘のように無様な光景だ。

「ヨ、ヨエル…。すまない」

「…いきなり、何のことだ？」

「よく眠っていたのに起こしてしまったことと、ヨエルの許しを得ずに触れてしまったことだ」

枕元に吊《つ》られたランプの灯《あか》りが、ヨエルの銀髪をきらきらと輝かせている。眠っている間に衛生兵が火を点《とも》していってくれたのだろう。もう夜なのだ。少しだけ休むつもりが、随分と長い間眠ってしまったようである。

「ヨエルの髪があまりに美しかったから、つい手が伸びてしまった。…本当に、すまなかった」

「…別に、それくらい構わないが」

「駄目だ。俺はヨエルに酷い仕打ちをしてしまった。だからヨエルに許してもらわない限り触れないと決めたんだ。…もう二度と、あんなことはしないから」

リヒトは書き物机の椅子を寝台の傍まで持って来て、腰かけた。ヨエルにはちょうどいい大きさの椅子も、リヒトが使うと小さく見える。

ヨエルは上体を起こし、横目でリヒトを見遣《みや》った。

ただ普通に触れられるくらいで壊れてしまうほど、ヨエルは柔《やわ》だと思われているらしい。昨日、あれほど激しくまぐわったばかりだというのに、この男はどこまでヨエルがか弱く儚《はかな》い存在だと信じているのだろうか。一体どんなことをすれば、ヨエルに対する幻想を壊してやれるのだろうか。

「でも、ちょうど良かった。ついさっき、食事が届けられたばかりなんだ。まだスープも温かいから、起きていられるようなら食事にしないか？」

リヒトはスープやパンを脚付きの盆に載せ、かいがいしく給仕する。スープは細かく刻まれた具がたっぷり入っているし、パンも見るからに柔らかそうだ。ヨエルの体調を考慮した献立を指示したのは、リヒト以外にありえない。

昨日、堰《せき》を切ったように溢れたばかりの醜い嫉妬が、またじわりと滲《にじ》み出る。どうすれば、温かく優しいものだけで出来ている緑の双眸を、失望に歪《ゆが》めてやれるのだろう……。

「フランツたちがヨエルをとても心配して、見舞いに来たがっていた。部下たちにも、司教様のお加減はいかがですかと何度も聞かれたよ。外に出られるようになったら、あちこちで声をかけられるかもしれないが、許してやって欲しい。ああ、フランツと言えば…」

相槌《あいづち》も打たず黙々と匙《さじ》を動かすだけのヨエルに、リヒトは気分を害するでもなく、今日の出来事を語って聞かせる。普通の人間ならめげてしまいそうなものを、明るい緑の双眸はヨエルの傍に居られるだけで嬉しいと雄弁に物語っている。

「…では、始めようか」

やがて気詰まりなだけの食事が終わると、ヨエルはおもむろに寝間着のボタンを外し始めた。露《あら》わになっていく白い胸元にぽかんとしていたリヒトは、ヨエルが寝間着を脱ぎ去ろうとするのを見て、慌てて止めに入る。

「ヨエル…⁉　着替えたいなら、俺は一旦外に出るから…」

「何を言っているんだ、お前は。このために来たんだろう？」

くいっと上向かせ、頰に走る傷をいやらしくなぞってやれば、リヒトもようやくヨエルの意図に気付いたようだった。初心《うぶ》な生娘のように褐色の頰を赤らめ、ざざっと後ずさる。

「お…っ、俺は、そんなことをするために来たんじゃない…！」

「……？　今更、取り繕う必要なんて無いんだぞ？」

リヒトがヨエルの元を訪れる目的が、この身体以外のどこにあるというのか。本気で疑問に思うヨエルに、リヒトは悲しげに答える。

「…俺は、ヨエルの看病をさせて欲しくて来たんだ。誓って、不埒《ふらち》な真似《まね》はしないから安心して欲しい」

「看病なんて、衛生兵に任せておけばいいだろう」

「愛する人が臥《ふ》せっているのに、部下任せになんて出来るわけがない。…ましてや、ヨエルが体調を崩したのは俺のせいなんだから」

そう言われてもなお看病などただの口実だと疑っていたヨエルだが、その後もリヒトは食器を片付けたり、汗を吸ったシーツを取り替えたりとまめまめしく働き、ヨエルに手を出そうとする気配は微塵《みじん》も無い。

けれど、ヨエルはちゃんと気付いていた。

ボタンが外され、晒《さら》されたままの白い胸元に、リヒトがちらちらと熱のこもった視線を投げかけてくること。そして、微《かす》かに漂う発情した雄の匂いに。

昨日のリヒトは媚薬《びやく》でおかしくなっていたから、正気の状態でヨエルの素肌を拝むのはこれが初めてなのだ。触れたくて触れたくてたまらないのに、昨夜の過ちを繰り返すまいと、懸命に欲望を抑えている。

望めばどんな女でも自由に出来るだろう帝国の英雄が、密偵相手に――。

「……く、ククッ」

「…ヨエル？　どうした？」

口元を押さえて笑ったのが、気分を悪くして俯いたように見えたらしい。血相を変えて飛んで来たリヒトの腕を摑《つか》み、ぐいっと引き寄せる。

「……っ！」

狙《ねら》い通り、不意を突かれたリヒトはヨエルに覆い被《かぶ》さる格好で寝台に倒れ込んだ。はっとして飛び退《の》こうとするリヒトの首筋に、ヨエルはするりと腕を回す。柔らかく、けれど決して獲物を逃がさないように、開いた両脚で逞しい腰を挟み込む。

「私が許さない限り触れないということは、私が許せば触れるという意味なんだろう？」

「あ……あ、ヨエ、ル……」

「いいぞ、いくらでも許してやる。お前は私の大事な情報源だからな。……好きなだけ触れるといい」

甘い息を詰襟に覆われた太い首筋に吹きかけてやりながら、股間《こかん》をすり寄せる。ただそれだけでリヒトの股間には熱が集まり、下敷きにしたヨエルを圧迫していく。

「俺の……好きな、だけ……？　本当に、許してくれるのか……？」

「ああ。……私の役に立つ限り、お前は私のもので、私の身体はお前のものだ」

ねっとりと甘い囁《ささや》きが、リヒトの自制心を淡雪のように溶かした。緑の双眸に欲望の炎を揺らめかせ、リヒトはハッハッと獣めいた息を吹きかけながら耳元でせがんでくる。

「ヨエル…、俺、俺…ヨエルの中に入りたい。ヨエルと繋《つな》がって一つになりたい。…でも昨日みたいにヨエルを傷付けたくないんだ。どうすればいい……？」

「…男と寝たのは、初めてだったのか？」

女人禁制の軍隊には男色が付き物で、上級軍人にはそのために見目良い少年兵が従卒として付けられるはずだが、帝国では違うのだろうか。

ヨエルの疑問に返されたのは、予想だにしない答えだった。

「男に限らず…誰かと寝たのは、昨日が最初だった。ヨエル以外、欲しいと思わなかったから」

「……は、あ⁉」

「だから…どうすればヨエルを傷付けずに抱けるのか、わからない…」

途方に暮れた表情さえも雄の色香を漂わせているのに、その唇から紡がれるのは男としてはかなり情けない告白だ。しかし当のリヒトは恥じるでもなく、むしろ初恋の相手に初めてを捧げられて誇らしげでさえある。

ヨエルは呆気《あっけ》に取られつつも腰を浮かせて下着を下げ、リヒトの手を尻のあわいに導いた。今はまだ慎ましく閉ざされた蕾《つぼみ》に触れたとたん、リヒトはびくんと指先を跳ねさせる。

昨日はヨエルの精を搾り尽くした後、いきなり突っ込んだから、そこに触れるのは初めてなのかもしれない。

「…ここが、お前を受け容れる場所だ。入れる前にしっかり解《ほぐ》しておけば、痛みはさほど感じずに済む」

「…わかった。解せばいいんだな」

言うが早いか、リヒトはクッションを引き寄せ、ヨエルの腰の下に潜り込ませた。高く掲げられたヨエルの股間に顔が来るよう寝台をずり下がると、白い尻たぶを掻き分け、露わになった蕾に感嘆の息を漏らす。

「なんて綺麗なんだ…小さくて、ほんのりと薄紅色で…」

「ぁ、…あっ」

「こんなに綺麗なところに、俺は入ったのか……」

ぬろん、と分厚い舌が蕾に這《は》わされ、ヨエルは爪先を跳ねさせた。そうされるのは初めてではなかったが、濡《ぬ》れそぼっていく蕾を賛嘆されながら愛撫《あいぶ》されたことなど無くて、背筋が震えてしまう。快感ゆえか、悪寒ゆえかなのかもわからずに。

「はあ……あ、ヨエル、綺麗だ、ヨエル……」

興奮しきった囁きと共に、蕾を舐《な》めしゃぶるのとは違う粘着質な水音が聞こえ始めた。リヒトがズボンの前をくつろげ、あの凶器のような一物を夢中で扱《しご》き立てているのだ。

その間も熱心に蕾を味わい、尖《とが》らせた舌を胎内に突き入れてはうごめかせているせいで、中途半端にずり下がったヨエルの下着を頭から被っているような格好になってしまっているのもお構いなしに。

「ヨエル…、…っ、ヨエル…」

「あ…っ、あ、はぁ…っ、あ」

「ああ…その声。その甘い声を、もっと…もっと、聞かせて欲しい…」

「ああ……っぁん、あんっ、あ……っあ!」

ねだられるがままに声を上げ続けるなど衿持《きょうじ》が許さないが、胎内を熱い舌で舐め尽くされる快感は今まで味わったことが無いもので、身体中が炎に炙《あぶ》られるかのように熱くなっていく。

いつしかヨエルは、震える手で寝間着の裾をたくし上げていた。今までにさんざん性感帯として仕込まれた乳首が、疼《うず》いてたまらなかったからだ。

だが、乳首を抓《つま》もうとした手はその寸前で伸びてきた手にガッと摑まれ、シーツに縫い付けられてしまった。抗議する間も無く、胎内に長く節ばった指が突き入れられ、さんざん胎内に居座っていた舌が乳首にむしゃぶりつく。

「はっ……あ、ぁん…！」

「ヨエル…っ、今、ヨエルのナカ、すごく締まった…ここでも、感じるんだな…」

ヨエルの感じる部分を、リヒトは瞬く間に学習していった。乳首は勿論、へその窪《くぼ》みやその周囲、二の腕の内側の柔らかい部分、脚の付け根。胎内に指を入れられたままでは、ごまかしようが無い。

腋《わき》の下を嗅《か》ぎまくられ、嚙まれながら舐められた時には、自分でも驚くほど甘い声が迸《ほとばし》ってしまった。

こんなのは初めてだと思わず零《こぼ》したら、リヒトはぐっと息を詰め、今にも爆発してしまいそうな一物を蕾に押し当ててくる。

「…ヨエル…、入って、いい？　俺を、受け容れて、…くれる？」

うわずった声で問いかけるリヒトの一物は、ヨエルの胎内に一刻も早く包まれることを切望してよだれをだらだら流している。極上の餌を前に「待て」を命じられ、従順に従う飼い犬を連想させるその姿は、躾《しつけ》のなっていない野良犬のようだった昨日とは対照的で、ヨエルに愉悦をもたらす。

これこそがヨエルと標的のあるべき姿だ。ヨエルは艶然《えんぜん》と微笑《ほほえ》み、興奮に震える男の脇腹から腰のラインを踵《かかと》でなぞり上げてやる。

「いいぞ。…ただし、その無粋なものを全部脱いでからな」

「……すぐにっ！」

リヒトが黒の軍服をもどかしげに脱ぎ捨てていく間に、ヨエルも寝間着を脱いだ。膝のあたりにわだかまっていた下着も脱ぎ去り、寝台の隅に放ろうとして、ふとぎらつく視線に気付く。欲情しきった緑の双眸が——ヨエルしか知らない堕ちた英雄の眼差《まなざ》しが、ヨエルの下肢を包んでいた下着に絡み付いている。そう言えばさっき、ヨエルの蕾に喰《く》い付きながら下着を頭から被っていたリヒトは、どこか恍惚《こうこつ》としていた。

「……欲しいのか？」

試しに聞いてみたら、すさまじい勢いで首を縦に振られてしまった。ヨエルはくすりと笑い、手にした下着をぽいっと寝台の下に落とす。

「犬らしく取って来たら、くれてやってもいいぞ」

「……ッ！」

帝国人にとってはこれ以上無いほどの侮辱に、帝国の英雄は激昂《げきこう》ではなく興奮に頬を紅潮させ、一糸纏《まと》わぬ生まれたままの姿で躊躇《ためら》わずに床に飛び降りた。痛いほど勃起した一物を晒して四つん這いになり、落ちていた下着を丁寧に咥《くわ》えて拾い上げると、這って寝台まで戻ってくる。

「…よく出来たな」

よくそんなことが出来るな、という呆《あき》れ半分の誉《ほ》め言葉にも、リヒトは下着を咥えたまま嬉しそうに笑った。ヨエルを聖者だと讃《たた》え、ひたすら純粋な想いだけを注いでくる幼馴染みは癪《しゃく》に障るだけだが、こうして快楽に堕ちた雄犬ならじゃれつかせてやってもいいと思える。

「約束通り、それはお前にやる。……こっちも欲しいか？」

「…っほ、欲しい！」

剝《む》き出しの股間にそそり勃《た》つものを爪先でつついてやれば、リヒトは咥えていた下着が落ちるのも構わずに吠《ほ》えた。

標的の手綱をしっかり摑んだ確かな手応えを感じ、満足したヨエルは横たわり、ゆっくりと脚を開く。自らクッションを腰の下にあてがい、ゆるやかに勃起した性器と、その奥で濡れて綻《ほころ》んだ蕾を見せ付ける。

「……来い」

「ヨエル……っ！」

愛してる、愛してると叫びながら飛び掛かってくる男の大きすぎる一物は、ヨエルの中に根元まで収まるなり、想いのたけをぶちまけた。リヒトだけが入り込める最奥を、大量の精液が叩《たた》き、占領していく。

「……あ、あっ……」

達したばかりの一物は、精液まみれの胎内をぐじゅぐじゅと攪拌《かくはん》しただけですぐに逞しさを取り戻した。わななくヨエルの白い腹をリヒトは愛《いと》しげに撫で上げ、耳元で囁く。

「ヨエル……、もう、一回…いい…？」

すさまじい圧迫感に耐えながら頷《うなず》けば、胎内の一物はますます猛《たけ》り狂った。すぐさま腰を激しく突き上げてくるリヒトの髪が、ランプの灯りを反射してきらめいている。

太陽にも似たきらめきを崩してやりたくて、後頭部に両手を回し、綺麗に整えられた髪をぐしゃぐしゃと掻き混ぜる。前髪が全部下りてしまうと、実年齢よりも落ち着いた顔が少し幼く見えた。

「…ヨエル…っ、可愛い…、ヨエル…」

「あ…っ、ぁっ、あっ…」

「…忘れ、ないで。俺はヨエルのものだ。ヨエルのためなら、何でもする…だからヨエルも、俺以外の誰も、頼らないで…っ」

ふわりと舞った前髪から覗《のぞ》いた緑の双眸に、快感とは違うものが背筋を駆け抜けた。

――欲情に染まったそれが、まるで暗く底の無い沼のように見えたから。


「司教様、ありがとうございました！」

「本当に書いて下さったなんて…親父《おやじ》もお袋もきっと泣いて喜びます」

ヨエルが渡してやった紙を、兵士たちは押し頂くようにして受け取り、何度も礼を言って持ち場に戻っていった。

これで残りはあと三人。全員補給部隊の所属だったはずだから、資材貯蔵庫あたりに行けば捕まるだろう。基地滞在も一月になれば、それぞれの施設の配置もすっかり頭に入っている。

護衛についてくれているフランツに声をかけ、貯蔵庫に向かおうとしたら、思いがけない人物に声をかけられた。クレフだ。

「これは、司教様。何をなさっていたのですか？」

「司教様は、兵士たちに聖句を書いて下さったのです！」

ヨエルが口を開く前に、フランツが敬礼をしながら答えた。精悍《せいかん》な顔は、きらきらと誇らしげに輝いている。

「それも、皆の務めに障りがあってはいけないからと、依頼した者たちにおん自ら配って歩かれているのです。今もちょうど、補給部隊に向かおうとしていたところでして」

「なるほど、司教様のお顔までじかに拝めるとは。司教様に聖句を書いて頂くのが流行するわけですね」

クレフは感心したように、ヨエルが聖句集と重ねて持つ紙を見詰めた。それらに書かれているのは、依頼者が聖句集から選んだ聖句を、ヨエルが古語で清書したものである。

王国、帝国共に同じ言語と文字が使われているが、聖職者はまだ王国が興る前、聖者クラウディウスが用いていたという古語を学ぶ。難解かつ装飾的なそれで聖職者に聖句を書いてもらい、家に飾っておけば魔を退ける守りになると言われている。

帝国ではあまり浸透していない習慣だが、このモルト基地では今、ヨエルに書いてもらった聖句を同封し、故郷の家族に手紙を送るのがにわかに流行《はや》りつつあった。

『あ…っ、あの、司教様…！』

きっかけは数日前、夕べの礼拝でまだ幼さの残る少年兵に声をかけられたことだった。少年兵は朋輩《ほうばい》たちが止めるのも聞かず、意を決したように頭を下げた。

『司教様にお願いがあるんです。母のために、聖句を書いて頂けないでしょうか』

聞けば、少年兵の母親は帝国人には珍しいほど信心深い女性なのだが、最近になって病で寝付いてしまったと便りがあったという。そこで少年兵は教会の礼拝に参列することも叶わなくなった母親のために、ヨエルに聖句を求めたのだ。

『司教様に書いて頂いた聖句を枕元に飾れば、母の心がどれほど慰められることか。お願いします、司教様。お……、お布施は後ほど、俸給から必ず払いますから……！』

少年兵が慌てて付け足したのは、マリウスに冷たく睥睨《へいげい》されたせいだろう。聖句を書いてもらうには布施という名の代金を支払うのが当たり前で、司教ほど高位の聖職者ともなれば、庶民が何年かかっても稼ぎ出せない高値がつくのだ。到底、少年兵に支払えるような額ではない。

最下層の少年兵の頼みを無下に拒んだところで、任務には何の差し障りも無い。けれど、懸命に縋《すが》り付いてくるような瞳が何故かリヒトと重なって、ヨエルは気付けば少年兵を追い払おうとしていたマリウスを押しのけていた。

『母君がお好きな聖句は？』

少年兵は最初呆然と立ち尽くしていたが、朋輩たちにつつかれ、ようやく状況を理解したようだった。

『は…っ、はい！　今朝の礼拝で、司教様が詠唱されていた詩篇の……」

すぐに少年兵の言う聖句が思い当たり、ヨエルは帳面にその聖句をさらさらと書き上げた。古語は聖職者によって書き方も装飾方法も違い、ヨエルのそれは曲線を描くように文字を配置していくことで、まるで花が咲いたように見せるものである。

『わあっ……』

少年兵は古語によって描き出された聖句の花に感嘆し、渡された帳面を大事そうに抱き締めた。

『ありがとうございます、司教様！　すぐに母に手紙を送ります。こんなに素晴らしい聖句を頂ければ、きっと母の病もすぐに良くなります！』

『良かったなあ！』

『ほらな、俺の言った通りだっただろう。司教様はあのギースバッハ准将の幼馴染みで、准将が心酔されるほどの御方なんだ。俺たちを犬なんて蔑《さげす》まれるはずがないってな！』

少年兵の朋輩たちも一緒になって喜び、ヨエルには尊敬と憧憬《しょうけい》の視線を、マリウスには憎悪混じりの視線を送ってきた。夜襲の日の発言は、とうとう最下層の兵士たちにまで広まってしまったようだ。

ヨエルが一切の布施を断ったことで、少年兵たちはますます感激し、この一件をあちこちで触れて回ったらしい。

それからだ。兵士たちが毎日のようにヨエルの元を訪れては、聖句を書いて欲しいと頼んでくるようになったのは。その数は一日ゆうに五十人を超える。

「話は聞いておりますよ。何でも司教様は階級に関わり無く、先着順で聖句を書かれ、下賜されているとか。布施を受け取られないことといい、司教様はその座に相応《ふさわ》しい清廉なお心をお持ちなのですな」

クレフの賛辞には、ここには居ないマリウスへの皮肉も混じっているのだろう。完全に兵士たちの恨みを買ってしまったマリウスは、最近ではヨエルの傍を離れ、配下たちと行動する方が多くなっている。

「……お褒め頂くには及びません。私はただ、神に仕える者として当然のことをしているだけですから」

「何をおっしゃいますか。帝国の教会の司祭様がたは、王族か貴族でもなければ、我ら帝国人には滅多に聖句など書いては下さいません。しかも、これほど美しい聖句はなかなかお目にかかれるものではありませんよ」

惜しみなく捧げられる賛美が、ヨエルを居心地悪くさせた。

階級に関係無く聖句を書いているのはただ順番を考えるのが面倒だったからで、自ら配り歩いているのは、ひっきりなしに兵士たちが訪問してきては任務に支障があるからだ。クレフやフランツたちが感動するような思い遣りなど、どこにも存在しない。

……何故あの時、少年兵の頼みなど引き受けてしまったのだろう。

少年兵がリヒトのような目をしたせいだ。何があろうとヨエルを慈悲深い聖者だと信じて疑わないあの目に見詰められると、ヨエルは少し変になる。

情報源になりそうな幹部たちだけと関わっていればいいのに、遠い昔に捨て去ったはずの想いが——人々の心を癒やし、平和の仲立ちになりたいという気持ちが、ほんの少しだけよみがえってしまう。

もやもやとした想いを抱えたままクレフと別れ、補給部隊で今日の分の聖句を配ってから、ヨエルが戻ったのは今までの天幕ではなく、リヒトの宿舎だった。兵士たちの人気を集めるようになったヨエルに何かあってはならないからと、表向きは尤《もっと》もらしい理由をつけて、リヒトがヨエルを天幕から移させたのだ。

「司教様、お帰りなさいませ！」

「ただいま戻りました。お役目、ご苦労様です」

もはや顔馴染みとなった警護の兵士の挨拶を受け、許可無しでは従卒でも足を踏み入れられないリヒトの私室に入ると、書き物をしていた部屋の主が喜色満面で駆け寄ってきた。机の上には、今朝リヒトが泉で摘んできたばかりの白百合が飾られている。

「おかえり、ヨエル。……それは？」

「補給部隊の兵士たちからだ」

ヨエルが手にしているのは、補給部隊の兵士たちから聖句の礼にと渡された花束だ。可憐《かれん》な花びらを幾重にもつけた小さな白い花は、名前こそ知らないが、基地の周辺によく咲いているのを見かける。華やかさでは白百合に劣るものの、素朴で愛らしい花だ。帝国人はよくよく、ヨエルを白い花に重ねたがる生き物らしい。

「マーリカの花か。…ヨエルは、この花がどういうものか知っているのか？」

「いや…知らないが」

「感謝、敬愛という花言葉があるんだ。帝国でもよく贈り物にされる。ヨエルは本当に……皆に慕われているんだな」

俺も誇らしいよ、とリヒトは太陽のように笑う。

なのに、花束をじっと見詰める緑の双眸にはどこかほの暗い光が宿っていて、ヨエルは背筋がざわめくのを感じた。

ヨエルを抱くようになってから、リヒトは時折、こんな目をするようになった。底の知れない、沼のような目。

少年兵の頼みを引き受けてしまったことといい、どうして傾城《けいせい》の聖者と言われた自分がここまで心を揺らされなければならないのか。ヨエルは何としてでもこの任務を成功させ、大司教の座を射止めなければならないというのに。

全部、この男のせいだ。

「後で従卒に新しい花瓶を持って来させよう。マーリカの香りは虫除《よ》けにもなるんだ。隣の書庫に置いておけば、…っ？」

ヨエルは理不尽な怒りのまま花束を書き物机に置き、リヒトの脛《すね》を蹴り付ける。

とたん、緑の双眸からあの不穏な影が消えた。無意識の安堵を覚え、ヨエルはきょとんとする男に、靴に包まれた足を突き出す。

「そんなことよりも…いいのか？」

「……あっ！」

リヒトははっとして跪き、基地を歩き回ってきたばかりのヨエルの靴に何の躊躇いも無く口付けた。ヨエルがここに移ってきてからの日課だ。そうしろと命じたことは一度も無く、リヒトの方からやらせて欲しいとせがんできたのである。

「ヨエル、ヨエル…」

ヨエルが無言で椅子にかけると、リヒトは器用に両方の靴を脱がせた。絹の靴下に包まれたヨエルの足に、うっとりと唇を寄せる。

爪先が、靴下越しに熱い口内に咥え込まれた。薄い絹地はリヒトの唾液を吸って、すぐにべっとりと濡らされていく。

「ん、……っ」

「無事に帰って来てくれて良かった…。アイスラーには会っていないよな？」

「あ、あ…。約束だから、な…」

布地越しに敏感な爪先を舐め回され、しゃぶり尽くされる感触は何度味わわされても慣れず、ヨエルはリヒトに気取られないよう嬌声《きょうせい》を噛み殺す。

アイスラーを含め、リヒト以外の幹部を誘惑しないこと。ヨエルの身体を与えてやる以外に、リヒトが望んだのはそれだけだった。最初はそうやってヨエルの行動を封じ、その間に本国の上層部と連絡を取ろうとしているのかと怪しんだが、ヨエルが監視している限り、そんな動き

は一切無い。

更に、初めて抱かれた日に渡された情報は正しいものだったと証明された。ヨエルから教会経由でもたらされた情報を元に、王国軍が帝国軍の奇襲に成功したのだ。

奇襲されたのはモルト基地に補給物資を運ぶための輜重《しちょう》部隊の一つで、帝国軍の損耗は軽微なものだったが、リヒトにモルトを落とされて以来負け続きだった王国軍にとっては久々の勝利だった。

教会との密約を知る数少ない一人の王国軍務卿に手放しで感謝され、高額の布施も得たエーベルハルトは非常に上機嫌らしい。マリウスを通して、わざわざお褒めの言葉まで寄越したくらいだ。

——そなたが見事務めを果たしてくれると確信した。朗報がもたらされる日を心待ちにしておる。

この分なら、任務を成功させて戻れば、大司教の座は確実だと思っていいだろう。念願の法王の地位に、また一歩近づくことが叶う。

なのに今、ヨエルの脳裏を過《よ》ぎるのは法王のみに許された真紅の聖衣を纏う自分ではなく、褐色の肌の兵士たちなのだ。

『ありがとうございます、司教様！』

『これできっと、国の家族も安心します！』

ヨエルから聖句の記された紙を受け取るたび、兵士たちは涙を流さんばかりに喜んだ。中には国に残してきた家族のことを話してくれる者も居た。身重の妻が待っているという兵士は、生まれてくる子どもが男の子だったら、ヨエルの名を貰うのだと照れ臭そうに笑っていた。

ヨエルが任務を成功させるということは、彼ら全員を死なせるということだ。帝国人を同じ人間だと思っていない王国軍は、モルト奪還が叶えば、駐留する帝国軍を殲滅《せんめつ》するだろうから。

そう、きっとリヒトも……。

「ん、…んっ…、ヨエル…、ヨエル…」

足元ではリヒトがヨエルの足の指をじかに舐めながら、露出させた股間の一物を扱き立てている。いつ見ても震えが来るほど大きなソレに被せられているのは、脱がされたヨエルの靴下だ。

ヨエルの下着と靴下は、毎日使用済みのものをリヒトにくれてやることになっている。ヨエルの匂いが一番くっきりと染み込んでいて、たまらないのだそうだ。代わりにリヒトが手を回して新品を用意してくれるから、ヨエルの生活に支障は無い。今までにくれてやった分は、リヒトが大切に保管しているはずだ。

「は…っ、はっ、ヨエル…っ」

恍惚としてヨエルを見上げ、ヨエルの足に頬をすり寄せながら、一物をごしゅごしゅと揉《も》みたてる。その頭の中には、きっとヨエルのことしか無い。ヨエルのために生きてきて、ヨエルのために軍に入り、ヨエルのために全てを裏切り、捨てようとしている男。

リヒトにはまだ、王国の工作兵を潜入させる計画までは話していない。ヨエルに協力することは己の地位や名誉ばかりか、命さえも失うことに繋がるのだと、リヒトは知らない。

……もし真実を知ったら、それでもこの男は太陽のように笑うのだろうか。

「…っあ、…あ、ヨエル…」

あと少しで達しそうなところを見計らい、そそり勃つものの根元をぐりっと爪先で思い切り踏み付けてやれば、リヒトは寸前でおあずけを喰らった犬のように切なげな鳴き声を漏らした。

一物の形を描き出す靴下の先端に小さな染みが出来たかと思えば、みるまに靴下全体へと広がっていく。

漂うのはもはや馴染んでしまった濃厚すぎる雄の匂いで、ヨエルはくすくすと嘲笑しながら脚を組み、リヒトのものを踏みにじった。

「踏まれて達したのか？　お前は本当に、これが好きだな」

「ヨエル…っ、あ、あ、ヨエル…」

靴下を大量の精液で汚したばかりの一物が、足の下でびくんびくんと脈打ち、再び逞しさを取り戻していく。

リヒトの命を掌握している。その事実が、ヨエルの脳髄をも蕩《とろ》かす。

「どうする？　また、このまま出したいか？　それとも……」

「ヨエルの中に、入りたい！」

間髪を容れず、リヒトが吠えた。

聖衣の裾からがばっと頭を潜り込ませ、まだきっちりと着込まれたズボンの上から、少しでもヨエルの匂いを取り込もうとでもするかのように鼻をめり込ませる。ぐりぐりと動かしてねだる。

「次は、ヨエルの中で出したい…ヨエルと一緒に極めて、ヨエルの蜜を味わいたい…」

「……帝国の英雄が、教会の密偵相手に、無様だと思わないのか？」

「思うわけがない」

断言する声は、いつもより低く、どこか得体の知れない響きを帯びていた。無意識に強張《こわば》るヨエルの腰を、逞しい腕ががっちりと掴む。

「俺はヨエルの傍に居るためなら何でもする。……ヨエルに、骨の髄までしゃぶって欲しいんだ」

うっとりと囁く男が聖衣の向こうでまたあの底の知れない目をしているような気がしてならず、ヨエルは密かに背筋を震わせた。

――どれだけの時間が経《た》ったのか。

喉の渇きを覚えて目を覚ますと、寝台にヨエルをたらふく貪《むさぼ》った男の姿は無かった。その代わりというように、起き上がったヨエルの胸から一輪の白百合がぽろりと落ちる。書き物机の上に飾られた白百合はそのままだ。

まさか、この夜中にわざわざ泉まで摘みに行ってきたのだろうか？

首を傾《かし》げながら水差しの水で喉を潤していると、隣の部屋から微かな物音が聞こえてきた。妙に気にかかり、足音を忍ばせて隣室に向かう。書類や資料、帝国から持ち込まれた本などが収められた室内には小さなランプが点されており、見覚えのある背中が闇の中に浮かび上がっていた。

「…ヨエルに、こんなみすぼらしい花なんて似合わない。ヨエルに花を捧げていいのは……く、だけなのに……」

くぐもった、聞き取りづらい声でぶつぶつと呟きながら、リヒトは手をせわしなく動かしている。リヒトの手が動くたび、小さな白いものがひらひらと宙を舞って落ちた。じっと目を凝らしてみれば、それは白い花びらだ。はっきりとはわからないが、昼間、兵士たちにもらったマーリカの花に似ている気がする。

「――誰だ」

確かめようと身を乗り出した時、殺気を孕《はら》んだ低く鋭い誰何《すいか》が冷たい空気を揺らし、ヨエルは立ち竦《すく》んだ。獰猛《どうもう》な肉食獣の巣に入り込んでしまったような心地がした。

嫌な汗が背中をツッと伝い落ちる。薄闇にぼんやりと浮かび上がる緑の双眸は、いつもとはまるで違う不気味な光を宿していた。あれはリヒトではなく、ゼルギウスの目だ。とうに死んでしまったはずの。

だが、ランプにヨエルの姿が照らし出されると、殺気は霧散した。リヒトは何かを床に投げ捨て、ヨエルの元に駆け寄る。

「ヨエル…！　どうしたんだ、こんな夜中に…」

「…目が覚めたらお前が居なかったから、どこに行ったのかと思って」

とっさにリヒトに媚《こ》びるような嘘をついたのは、本能としか言いようがなかった。リヒトの行為を目撃したと悟られたら、何かとても恐ろしいことが起きてしまうような気がした。

ヨエルを常に美化し、賛美するリヒトは、ヨエルの言葉を決して疑わない。たとえそれがどれほど不自然なことであってもだ。

「わざわざ探しに来てくれたのか。ありがとう、ヨエル」

狙い通り、リヒトは嬉しそうに笑い、ヨエルを横向きに抱え上げた。

偽りを信じ込み、頬擦りをしてくるリヒトがあまりに幸せそうで、閨《ねや》での睦言《むつごと》が否応無しによみがえってしまう。

『愛してる、ヨエル……』

『ヨエルが居てくれるから、俺は俺でいられるんだ。ヨエルを失ったら、俺は……』

任務の全貌まで把握していなくても、ヨエルに機密を流していることが露見すれば身の破滅が訪れるくらい、聡《さと》いリヒトは承知しているだろう。自らに破滅をもたらす者に、どうしてあそこまで真摯《しんし》に愛を囁けるのか。愛などというものを経験したことの無いヨエルには理解出来ない。

……今、不思議に胸を軋ませる気持ちの正体すらも。

「身体が冷えている…。早く寝台に戻らなければ、風邪を引いてしまう」

しっかりとヨエルを腕の中に包み込み、寝室に戻るリヒトの足取りは、暗闇の中にもかかわらず確かなものだ。全く光源の無い夜戦でも勝利を収めたくらいだから、きっとヨエルの姿も頭のてっぺんから爪先まではっきり見えているだろう。

何故か今はリヒトに見られたくなくて、ヨエルはさりげなく顔を逸《そ》らす。リヒトの肩越しに書庫を覗く格好になり、リヒトが立っていたあたりに何かが落ちているのが見えた。

置き去りにされたランプのか弱い光に照らし出されたそれは、無惨に引きちぎられ、踏みにじられたマーリカの花束だった。

「お疲れ様でした、司教様」

礼拝所から立ち去る笑顔の兵士たちを見送っていると、背後に控えていたフランツが水の入った杯を差し出してくれた。

少年兵に聖句を書いてやった頃から、朝夕の礼拝に参加する兵士が倍増したため、礼拝にかかる時間も負担も最初より大きくなっている。彼らにせがまれるまま、聖句集の説話を話し続けたせいで、ヨエルは軽い疲労を感じている。

だがそれは決して悪い感覚ではなかった。何の裏も含みも無く、純粋に神の教えを説いたのは、初めてではないだろうか。大教会でも司教として礼拝を司ることはあったが、参加するのは聖者に生き写しのヨエルの美貌を拝もうと、多額の布施を積んだ貴族や富裕層の人間ばかりだったのだから。

『犬どもの相手よりも、ギースバッハ准将の手綱をしっかり握っておいて下さい』

呆れ半分でそう忠告したマリウスは、最近は礼拝に付いて来なくなった。エーベルハルトとの情報伝達が活発になり、時間が取れなくなったのが最大の理由だが、兵士たちに敵意を剝き出しにされて居心地が悪いせいもあるのだろう。

従者としては誉められた態度ではないものの、礼拝に差し障りは無いし、むしろ兵士たちに最悪の印象を抱かれてしまったマリウスなど居ない方がやりやすい。

「ありがとうございます、少尉」

喉を潤し、空になった杯を返すと、フランツは長身を屈《かが》め、気遣わしげにヨエルを覗き込んできた。

「お顔の色が悪いようですが…お疲れなのではありませんか？　毎晩、聖句を書かれるために無理をなさっておいでなのでは…」

「…いえ、大丈夫です。せっかく皆さんが神の教えに触れたいと望んで下さったのですから、私がそれにお応えするのは当然のことです」

「司教様はなんと慈悲深い……」

素直に感動するフランツには悪いが、ヨエルに疲労をもたらしているのは全く別のものだ。

――三日前の夜、ヨエルは書庫で無惨に蹂躙《じゅうりん》されたマーリカの花束を目撃した。

あれからすぐ寝室に連れ込まれてしまい、歓喜したリヒトに朝まで抱かれたのだが、翌朝リヒトの目を盗んでそっと書庫に行っても、花束はどこにも落ちていなかった。まるで夢か何かであったかのように。

けれど、ヨエルは確かに見たのだ。白い花びらをぶちぶちとむしるリヒトの姿を。あれは絶対に見間違いなどではなかった。

『昨日はわざわざ探しに来てくれて嬉しかった…。ヨエルは本当に優しいな。皆が慕うのも当然だ。俺のヨエル…』

朝日を浴びたヨエルを眩《まぶ》しげに拝み、爪先に口付けてくるリヒトは、いつものリヒトだった。花束をくれた兵士たちと偶然出会った時など、わざわざ聞き出した名前を呼び、司教様に花を捧げるとは感心だと誉めて彼らを感激させていたのだ。あの太陽のような笑顔は、確かにリヒトだったというのに。

あの日以来、ふと気付けばヨエルはリヒトの目にじっと見入っている。深い森の緑が、底なし沼の澱《よど》んだ緑に変わりはしないかと……。

「しかし、少しはお休みにならなければお身体に障ります。…ああ、そうだ。司教様、聖者の泉においでになってはいかがですか？」

名案、とばかりにフランツが提案する。聖者の泉というのは、リヒトが案内してくれた聖者像の佇《たたず》む泉のことだ。フランツによれば、特に出入りが禁止されているわけではないのだが、リヒトが毎日熱心に祈りを捧げに行くので、准将の邪魔をしてはならないと、いつしか誰も足を向けなくなったのだという。

「あそこならば不埒な輩《やから》は近付きませんし、人の目が無ければ司教様も少しはくつろげるのではないでしょうか」

ヨエルは迷った末、フランツの提案に乗ることにした。自分そっくりな像にははっきり言って近づきたくなかったが、一人になって考え事が出来るというのは魅力的だ。

フランツには泉に続く一本道の入り口で待っていてもらい、一人で泉へ向かう。

その間もヨエルの頭を占めるのは、同じ男の目に宿る全く別の色の光だ。

リヒトとゼルギウスは双子《ふたご》なのだから、リヒトが兄に似てきても不思議ではない。けれど、あれは似ているというのとは違う気がする。例えるなら、そう…兄の亡魂が弟に乗り移ったという方が、しっくりくるように思える。

無念の死を遂げたゼルギウスが、生きて栄達の道を歩む弟を羨《うらや》んでいる？……馬鹿馬鹿しい。そんなことがあるわけがない。

だいたいゼルギウスは、死んでも何かに執着するような少年ではなかった。両親にも、双子の弟にすら関心が無かった。ただ時折、じっとヨエルをあの底の知れない目で見詰めていただけで……。

「……うん？」

ヨエルの思考は、泉の方から聞こえてきた鈍い音によって断ち切られた。リヒトしか立ち入らないはずの泉に、大勢の人間の気配がある。

そっと大きな岩陰に隠れて窺えば、リヒトが上級士官用の軍服を纏った兵士たちに囲まれていた。ざっと十人ほどだろうか。憎々しげにリヒトを睨み付ける彼らはサーベルを抜いていた。どう見ても友好的な空気ではない。

しかもリヒトの足元には、唇から血を流した男が一人、伸びている。おそらくさっきの音は、リヒトがあの男を殴り飛ばした時のものだろう。

「貴様、よくも……」

リヒトと向かい合う男が、忌々《いまいま》しそうに舌打ちをした。ヨエルには背中を向けているが、あの声には聞き覚えがある。アイスラーの取り巻きの幹部だ。確か、名はゲルバー。リヒトとは親子ほどの年の差があるが、階級は格下の大佐である。

そこでヨエルはどういう状況なのかを瞬時に察した。おそらく、彼らはアイスラーの差し金で動いているのだ。

リヒトと関係を持つに至ったあの日から、ヨエルはアイスラーと距離を置いているが、アイスラーは未《いま》だにヨエルへの執着を断ちきれず、時折物欲しそうにこちらを凝視していることがある。けれど、今のヨエルは常にフランツや兵士たちに囲まれ、何よりリヒトが時間の許す限り傍を離れないので、ヨエル自ら近付かない限り触れることすら叶わないのだ。

アイスラーはリヒトがヨエルを独占していると思い込み、どんどん鬱憤を溜《た》めていったのだろう。ただでさえリヒトは自分よりも人望が篤い上に、妬ましい男の養子なのだ。あの短絡的な男が、取り巻きたちに闇討ちを命じ、鬱憤を晴らそうとしてもおかしくはない。

「……ゲルバー大佐。もうおやめ下さい」

多勢に無勢の状況下でも、リヒトは英雄らしく毅然として、冷静さを失ってはいなかった。

「このような真似をなされば、傷付くのは大佐の名誉ではありませんか。今ならまだ間に合います。大佐がここで退いて下されば、誓って誰にも口外はいたしませんから」

諭す口調は真摯で、格下の階級の人間を侮っている気配は微塵も無い。

だが、ゲルバーが返したのは嘲笑だった。周囲の兵士たちも、追従するように笑いさざめく。

「ふん…養父の権威をかさに着た小僧が偉そうな口をきく。貴様に心配などされるまでもないわ。貴様はこれから王国軍の捕虜になるのだからな」

ゲルバーの狙いを、ヨエルは即座に看破した。ゲルバーはリヒトをよってたかってなぶりものにした後、オーロ近辺にでも放置して、王国軍に捕縛させるつもりなのだ。モルトを陥落させた英雄が捕虜になどなれば、リヒトの名誉は地に落ちる。

「皆の者、やってしまえ！」

ゲルバーの合図で、兵士たちが一斉にリヒトに襲いかかった。いかにリヒトが優れた軍人でも、相手が多すぎる。

――あの男を、私以外の者になぶらせてたまるか！

叩きのめされ、足蹴にされるリヒトの姿を想像した瞬間、頭が真っ白に染まり、ヨエルは岩陰から飛び出しかけていた。すんでのところでとどまったのは、ぐわっと幾つもの悲鳴が上がったからだ。

「な、な、な……っ」

ゲルバーがわなわなと拳を震わせる。四方八方からリヒトに襲いかかった兵士たちは、急所に狙い澄ました拳の一撃を打ち込まれ、地に沈められたのだ。

もっとも、ヨエルの目が追えたのはリヒトが一人目の攻撃をかわしたところまで。拳を振ったとわかったのは、リヒトの左腰にサーベルが佩《は》かれたままだったためである。

「……これでも、まだやめるつもりはありませんか？」

理不尽な暴力を受けながらなお穏便に収めようとするリヒトを、フランツならさすが英雄の器だと讃嘆《さんたん》しただろう。奇妙な違和感を覚えるのはヨエルくらいで、ゲルバーに至っては憐《あわ》れまれたと逆上するだけのはずだ。

「な、何をしておる！　さっきのはまぐれだ、早くやってしまえ！」

「う…っ、うおおおおお！」

残った兵士たちはすっかり怖気《おじけ》づいてしまっていたが、その中の一人が決死の表情でサーベルを振りかぶり、リヒトに突進していった。しかし、いかにも破れかぶれの攻撃はヨエルから見ても隙だらけだ。

予想通り、リヒトにはあっさりとかわされ、兵士はたたらを踏んだ。勢いを殺しきれず、倒れ込んだ兵士のサーベルの切っ先が、聖者の像をかすめそうになる。

予想外のことが起きたのは、その瞬間だった。

「……ヨ、エルっ！」

泰然とした態度を崩さなかったリヒトが初めて顔色を変え、聖者の像を守るかのように右腕を伸ばした。像を僅《わず》かに傷付けるだけだったはずの切っ先が、無防備に晒されたリヒトの腕を切り裂く。

ばっと血飛沫《ちしぶき》が散った。ヨエルが零れかけた悲鳴をどうにか飲み込むのと同時に、ゲルバーは快哉《かいさい》を叫ぶ。

「よくやった！　今だ、やれ！」

「はっ！」

兵士たちは、さっきまでとは打って変わり、嬉々《きき》としてリヒトに斬りかかっていった。リヒトが自ら利き腕を使い物にならなくしてくれたのだ。あれではサーベルを抜くことすら叶うまい。千載一遇の好機を逃す手は無い。

だが、彼らはすぐに思い知ることになった。自分たちがなぶろうとしたのは、手負いの英雄などではなく――怒れる猛獣だったのだと。

「……貴様ら、許さない……」

ごく小さな呟きが、やけにはっきりとヨエルの耳に届いた。次に聞こえたのは、冷たい金属音。

リヒトが、左手で抜いたサーベルを、左手に握って構えていた。

「フッ、無駄な足掻《あが》き……をっ⁉」

余裕しゃくしゃくだったゲルバーの顔が驚愕《きょうがく》に、次いで恐怖に染まっていく。

それもそのはず。ゲルバーの前で繰り広げられているのは、一方的な蹂躙だった。

「…蛆虫《うじむし》の分際で、ヨエルを祀《まつ》る神聖な場所に足を踏み入れただけでも許し難いのに…」

「ギャッ！」

「…よりにもよってヨエルを傷付けようとするとは…許さない。絶対に許さない…」

「ヒッ、ヒイイイ！」

一閃《いっせん》、また一閃。

リヒトが低く呟くたび、兵士たちは一刀のもとに斬り捨てられていく。獣が狩りをするかのようにしなやかで無駄の無いその動きは、とても右腕を負傷しているとは……利き腕ではない腕で戦っているとは思えない。

「どういうことだ……どうなっているんだ！」

ヨエルの疑問を、そのままゲルバーが叫ぶ。

再会してから今まで、リヒトがヨエルの前で右腕以外を使ったことは無い。食事をするのも文字を書くのも、鍛錬場でサーベルを振るうのも右腕だった。部下三人を相手に互角に渡り合うリヒトの技量には、複雑な想いを抱くヨエルですら感嘆させられた。

剣の達人は、利き腕とは逆の腕でもある程度は戦えると聞く。だがあれは、ある程度などという生ぬるいものではない。

リヒトは利き腕とは逆の左手に握ったサーベルで、兵士たちを圧倒していた。右腕で戦っていた時が達人なら、今のリヒトは化け物だ。まき散らされる殺気に、隠れているヨエルでさえ鳥肌が立つ。

「わあああああっ！」

だから、部下たちがなすすべも無く倒され、たった一人残されたゲルバーが脱兎《だっと》の如く逃げ出すのは当然の選択だった。

……まずい、見付かる！

ヨエルが岩陰に引っ込むより早く、ゲルバーが前のめりで地面に倒れ込んだ。いや、正確には倒されたのだ。リヒトが放った容赦の無い蹴りによって。

「うっ…ふぐ、ぐ、ぐううううっ」

ゲルバーの不幸はそこでは終わらなかった。リヒトはゲルバーを乱暴な手付きで仰向《あおむ》けにさせ、拾い上げた兵士のサーベルの柄《つか》を口内に突っ込んだのだ。これでゲルバーは助けを呼ぶのはおろか、悲鳴を上げることすら出来ない。

「…人には決して踏み越えてはいけない一線というものがあるのですよ、大佐」

無表情にゲルバーの腹を踏みにじるリヒトの声は、何の感情も滲んでいない。空虚だ。……だからこそ恐ろしい。

「それを越えてしまった愚者には、聖者に代わって罰を与えなければなりませんよね？」

リヒトの右腕から滴る鮮血が、ぽたん、と大地に落ちる。聖者の像を背に庇《かば》ったリヒトが、左手でサーベルを振りかざす。

見ていられたのは、そこまでだった。気付けばヨエルは震える足を叱咤《しった》し、その場を離れていた。

ゲルバーの潰れた呻《うめ》きが聞こえなくなったところで、がくんと膝が折れ、地面に座り込んでしまう。頭が鼓動に合わせてがんがんと痛むたび、ついさっき目撃してしまったモノが浮かぶ。

——聖者の像が傷付けられそうになった瞬間に現れた、あの、底なし沼の目が。

「……あれは、リヒトじゃない……」

いつだって無邪気な仔犬《こいぬ》のように笑っていたリヒトには、きっと何があってもあんな目は出来ない。

あんな目が、出来るのは——。

「ゼルギウス……」

呟いた瞬間、ヨエルの中である疑惑が生まれた。


その後、どうにかフランツの元まで戻ったヨエルだが、顔色が悪すぎると心配され、半ば無理矢理宿舎へ送り届けられてしまった。夕べの礼拝は中止だ。おかげで、生まれたばかりの疑惑について考える時間はたっぷりあった。

——修道院が壊滅した時、生き延びたのがリヒトではなくゼルギウスだったら？　今のリヒトは、ゼルギウスが弟に成り代わっているのだとしたら？

そうすれば、納得出来る部分が大きいのだ。院長が舌を巻くほどの天才だったゼルギウスなら帝国の士官学校でも優秀な成績を修め、ギースバッハ将軍に見込まれるのも可能だろう。左手でサーベルを鮮やかに扱えるのも、何よりあの底なし沼のような目も、ゼルギウスなら不思議は無い。

リヒトとゼルギウスは双子の兄弟だ。ゼルギウスが弟と同じ傷を頬に刻み、自分はリヒトだと主張すれば、院長たちが全員死亡している以上、弟になりきるのは難しくない。

けれど、この仮説が正しいのだとしたら何故、ゼルギウスはそこまでして弟に成り代わったのだろうか？

生き残ったのが双子の兄弟のどちらであっても、帝国軍は不運な同胞の孤児を保護してくれただろう。ゼルギウスが弟に成り代わる利点など、どこにも無いはずなのだ。わざわざ、弟からヨエルのペンダントを取り去ってまで……。

「……いや、まさか」

ふと閃《ひらめ》いた考えを、ヨエルは寝台の中でもぞもぞと寝返りを打ちながら否定した。けれど、否定すればするほど、リヒトの言動が脳裏に次々とよみがえる。

ゼルギウスの分までヨエルを守ると誓ったリヒト。出逢った時からヨエルを愛していると告げたリヒト。そして、ヨエルのためなら何でもすると……骨の髄までしゃぶられたいと言い、どれだけヨエルに粗略に扱われようと恍惚としていたリヒト……。

さっきもリヒトは、自分の腕を犠牲にしてまで聖者の像を守った。リヒトにとって、あの像はヨエル自身にも等しいからだ。

『それでも愛している……俺の聖者……』

「…愛しているからだなんて、そんな馬鹿な…」

悶々《もんもん》としていたら、大きな足音が聞こえ、ばたんと扉が開いた。

「……ヨエル！」

「リ、リヒト…」

思わずたじろいでしまうほどの勢いで飛び込んできたリヒトは、ヨエルの額に手を乗せるなり、泣きそうな顔になる。

「熱がある…。すまない、ヨエル…」

「…どうして、お前が謝るんだ。それにお前は、…任務中ではなかったのか？」

ゲルバーへの報復はどうなったのか、という疑問は胸に秘めて問えば、リヒトは寝台に肘をつく格好で跪く。

「フランツからヨエルが体調を崩したと聞いて、いてもたってもいられなくなったんだ。…それに、ヨエルを守るのは俺の役割だから。こんな目に遭わせて、謝るのは当たり前だ」

じっと見詰めてくる緑の双眸は穏やかで、さっきの底なし沼のような影はどこにも無い。手当てと着替えを済ませてから来たのか、軍服は新しいものになっている。サーベルもきちんと左腰に佩かれている。

いつものリヒトだ。――見た目だけは。

「食事はまだだろう？　食欲は無いかもしれないが、眠る前に何か腹に入れておいた方がいい」

リヒトはやって来た従卒から食事の載った盆を受け取り、寝台まで運んできた。よく煮込まれた肉入りの粥《かゆ》に、どろりとした液体の入ったマグが添えられている。そこから放たれる強烈な異臭が、遠い記憶に引っ掛かった。

「……院長先生が作ってくれた薬湯と、同じ匂いがする」

「ああ。軍医が煎《せん》じた熱さましの薬だから、同じ薬草が使われているんだろう」

ということは、きっとこの薬湯もすさまじく苦いのだ。思わず子どものように眉を顰《ひそ》めてしまったヨエルに、リヒトは可愛くてたまらないとばかりに笑い、乱れてしまった銀の髪を愛しげに梳《す》きやる。

「後で、蜂蜜をたっぷり入れたミルクを持って来させるから。俺を安心させると思って、我慢して飲んで欲しい」

どうしてお前を安心させるために苦い薬を飲まなければならないのか、とか、そもそも熱を出したのはお前のせいだ、とか、言いたいことは山ほどあるが、ヨエルは渋々と起き上がった。自ら食べさせたがるリヒトを無視し、まずは粥を食べ始める。

「熱くないか？　ぬるすぎるようなら温めさせてこようか？」

「この部屋は少し寒いな。もっとストーブの温度を上げようか？　それとも、毛布を増やした方がいいか？」

「汗をかいているだろうから、身体を拭《ふ》く湯を用意させようか？」

ヨエルが黙々と粥を啜《すす》っている間にも、リヒトは次から次へと質問を放ってきて、うっとうしいったらない。わざとヨエルを苛立たせようとしているのではないかと疑いたくなるほどだ。

……緑の双眸に、心からの慈愛が溢れていなければ。

これだけ近くに男を寄せるのは、肌を重ねる時くらいだ。欲望もいやらしさも無く、ただいたわられるのはとても居心地が悪い。

ヨエルが一言も返さなくても、リヒトは少しも機嫌を損ねず、ヨエルの食事を見守っている。やがて予想通り苦かった薬湯をどうにか飲み干すと、折よく従卒が温めたミルクを運んできた。

蜂蜜の甘さが強烈な苦味を緩和してくれるのにほっとしながら、ヨエルはふと思いついて質問を投げかけた。

「…修道院に居た頃も、私が院長の薬を飲むのを嫌がっていたら、お前は甘いものを持って来てくれたことがあったな。何をくれたか、覚えているか？」

「あ…、ああ！　勿論だ！」

ヨエルから話を振られたのがよほど嬉しいのか、リヒトは寝台に身を乗り出さんばかりに頷いた。

「俺も院長先生の薬の苦さはわかっていたから、ヨエルが少しでも楽になればと思って、食べずに取っておいたおやつの飴《あめ》をあげたんだよな。ヨエルが喜んでくれて、嬉しかった」

「…その後、お前は寝台におやつを溜めこむようになって怒られたっけな。よくお前のことを叱っていた修道士は…誰だったか…」

「テオバルト修道士だな。お前はリスか！　って、よく怒られた」

懐かしそうに答えるリヒトは、きっと今、自分が試されていることなどまるで気付いていないだろう。ヨエルが尋ねているのは全て、リヒトに——修道院で共に過ごした幼馴染みのリヒトに関することだ。

今のところ、リヒトの答えに誤りは無い。寝込んだヨエルにリヒトがくれたのは飴だし、リヒトをよく叱っていた修道士の名前も、その内容も全て合っている。

だが、ゼルギウスは常にリヒトとヨエルの傍に居た。つまり、これらの事柄はゼルギウスであっても答えられるのだ。

結局、今の時点でヨエルの疑惑を晴らしてくれる情報は得られていない。

一体どうすれば、この男の正体を確かめられるのだろう？　…そして自分は、確かめたところでどうしようというのだろう？

「……ヨエル」

自問自答するヨエルの手から、リヒトが空になったマグをそっと取り上げた。

代わりに掌に乗せられたのは、銀で出来た百合を三つ連ねた指輪だ。それぞれの百合には朝

露を模した真珠があしらわれている。

「……これは？」

「軍に入ってすぐ、帝都で買ったんだ。……いつかヨエルに、贈れたらいいと願って」

「お前……馬鹿じゃないのか？」

身も蓋《ふた》も無い言葉が、ぽろりと零れた。

細工の緻密さといい、白い光沢を放つ真珠の見事さといい、この指輪はそれなりの値段がするはずだ。士官の俸給でも安くはない買い物である。それを逢えるかどうかもわからない…生きているかも定かではない相手のために購入するなんて、愚かとしか言いようが無い。

「馬鹿じゃないよ。俺は狂ってる」

リヒトはうっとりと囁き、胸ポケットからヨエルのペンダントを取り出した。節ばった褐色の指先が、愛撫するかのように銀鎖をもてあそぶ。

「俺はヨエルに狂ってる。ヨエルと別れてからずっと、ヨエルのことだけしか考えてこなかったんだから」

「……リヒト」

「本当は、このペンダントを返したいけど…ヨエルは受け取ってくれないだろう？　だからせめて、この指輪を渡しておきたいんだ。新たな誓いの証として」

指輪を乗せたままのヨエルの掌を、リヒトはそっと閉じさせた。冷たいはずの銀が、何故か熱く感じる。

「ヨエル。…ヨエルが任務を果たして、ここを離れる時が来たら…その時は、俺も付いて行く」

「……私がお前を、連れて行くと思うのか？」

ヨエルが任務を果たした時、リヒトはおそらく生きてはいない。ちくんと針でつつかれたように痛む胸と、決して明かせない事実を秘めたまま問えば、帝国の英雄は傷の刻まれた頬を緩ませて微笑む。

「ヨエルが許してくれなくても付いて行く。やっと再会出来たんだ。もう絶対に離れない。離れたら……生きていけない」

きらめく緑の双眸の中で、熱情の炎が躍っている。そこに映るヨエルを閉じ込め、焼き尽くそうとでもするかのように。

――本気だ。孤児から英雄にまで上り詰めたこの男は、ヨエルに付いて行くために、今までに築き上げた全てを本気で捨て去ろうとしている。悲壮感の欠片《かけら》も無く、教会の密偵と共に在ろうとしている。

「大丈夫だ。ヨエルは何も心配しなくていい。俺は必ずヨエルの役に立って、ヨエルを守ってみせるから」

指輪を握る手の甲に、リヒトは恭《うやうや》しく口付けた。

その瞬間、背筋をざざあっと這い上がったのは、今まで経験したことの無い感覚。嫉妬でも羨望でも、憎悪でもない。密偵にとっては決して良くないものだと、それだけははっきりわかるのに、どうしても切り捨てられない。

――馬鹿な。あるわけがない。あってはならない。

任務のためならあらゆる感情を押し殺してきた、この自分が。

「愛している……俺の、聖者……」

正体の知れないこの男を……ただ利用するだけの標的を、死なせたくないと願ってしまうなんて。

『迷惑なら捨ててくれて構わない。ヨエルに渡せただけで満足だから。でもいつか、ヨエルが俺を傍《そば》に置いてもいいと少しでも思ってくれたら……その時は、嵌《は》めて欲しい……』

そう言った通り、リヒトはヨエルに無理に指輪を嵌めさせようとはしなかった。

重すぎる想《おも》いのこもった指輪など捨ててしまえばいい。実際、何度もそうしようとしたのに、そのたびにあの緑の双眸《そうぼう》が頭にちらついて、捨てられなかった。結果、指輪はあれから三日が経《た》つ今もまだ、ヨエルの聖衣の隠しに仕舞われている。

……お前は一体、何者だ？

答えなど返ってくるわけがないとわかっていても、脳裏に焼き付いて離れないあの緑の双眸に、問いかけずにはいられない。

……どうして私は、お前の手を拒めない？　どうして私はここまで、お前に心を乱されなくてはならない？

この三日間、リヒトは熱を出して寝込んだヨエルにほぼ付き切りで世話を焼いた。書類などは宿舎に運ばせ、ヨエルの寝台の横に移動させた机で処理していた。傍を離れるのはどうしても参加しなければならない軍議の時くらいだが、それすらもヨエルが起きていれば、眠るまで決して宿舎を出ないという有様だ。

一度熱を出すと長引くことが多いヨエルも、おかげで翌日には回復した。もっとも、リヒトはしばらくは安静にしていなければ駄目だと言い張り、更に二日間、強制的に療養させられたのだが。

ようやく寝台から出してもらえた今日、リヒトは従卒に懇願され、渋々と司令部に向かった。やはり、宿舎に籠もりきりではこなせる任務にも限界があったのだろう。

くれぐれもまだ出歩いたりしないように、とリヒトには繰り返し言われたが、従う気など無い。やっと自由に動けるようになったのだ。リヒトが司令部に閉じ込められている今こそ、リヒトの正体を探る絶好の機会である。

リヒトが帝国軍に保護された後の生活がどのようなものであったかを調べれば、リヒトの正体が少しは摑《つか》めるのではないか？

情報源には最適な人物も居る。叩《たた》き上げの軍人として長い経歴を有するクレフなら、リヒトの養父であるギースバッハ将軍についても詳しいだろうし、リヒトの帝国での生活も知っているかもしれない。

幸い、フランツを通して面会を求めると、クレフはすぐに応じてくれた。指定された場所は司令部の隣にある幹部専用の休憩所だが、クレフの他に幹部の姿は無い。

「ようやくギースバッハ准将がおでましになったので、皆ここぞとばかりに裁可を仰いでいるんですよ。このモルト軍は准将無しでは回りませんから」

苦笑するクレフに、ヨエルは恐縮して頭を下げる。

「……申し訳ありません。私が寝付いてしまったせいで……」

「いいえ、とんでもない。司教様は准将の大切な幼馴染《おさなな じ》みでいらっしゃいますし、今や兵士たちも司教様の慈悲深さに感じ入っているのです。無事に回復なさって、私も安堵《あんど》いたしました」

司教であるヨエルに何かあったら教会に要らぬちょっかいを出されるから、というのではなく、純粋にヨエルの身を案じてくれていたようだ。

僅かな良心の呵責《かしゃく》を覚えつつも、ヨエルは本題を切り出す。

「献身的に看護して下さった准将には、心から感謝しております。准将はあまり帝国に移り住んでからのことを話して下さらないのですが、あのように優しい御方だからこそ、ギースバッハ将軍も我が子の代わりに慈しもうとなさったのでしょうね」

「ああ…、司教様はご存知無いのでしたか」

クレフはきょとんとした後、思いがけないことを教えてくれた。

「ギースバッハ将軍は王族の遠縁に当たる姫君を娶《めと》られ、二人の男児をもうけられています。准将が将軍に引き取られた時には、ご子息はお二人とも成人されていたのですよ」

「……そう、だったのですか？」

てっきり、将軍は子が居ないからリヒトを引き取ったのだと思い込んでいた。

高級軍人が戦災孤児の援助をするのは珍しくないが、立派な嫡男が居るのなら、正式な養子にして、家名まで名乗らせる必要は無いのではないか？

クレフによれば、ヨエルと同じ疑問を、将軍の周囲も抱いたらしい。

「しかし准将はすぐに軍で頭角を現されたので、皆納得したものです。ギースバッハ将軍は准将の才能が潰されてしまわないよう、養子にまでして守られたのだと。……我が帝国軍も、身分無き者に寛大な者ばかりではありませんから」

誰とまでは明言しなかったが、おそらくクレフが言いたいのはアイスラーやその取り巻きたちのような輩《やから》のことだろう。

「ですが、私から見ても、ギースバッハ将軍は実のお子様方と同じくらい…いえ、それ以上に准将に目をかけておいてだったと思います。実際、実のお子様方よりも准将の方が優秀でいらっしゃいましたが、もしも将軍が後ろ盾にならなかったら、准将はあの若さで将官にまで到達されることは無かったでしょう」

リヒトが将官にならなければアイスラーの副官に任じられることも無く、ひいては帝国軍がモルトを奪取することも無かった。今や将軍はその慧眼《けいがん》を褒め称《たた》えられ、英雄の養父として帝都でも盛んにもてはやされ、早くも次の元帥候補と言われているらしい。

「…では、准将はきっと将軍に心から感謝なさっているでしょうね？」

ヨエルの問いに、クレフは力強く頷《うなず》いた。

「礼節を保たれつつも、実の父君のように慕っておいでです。お二人の仲の良さは、帝都でも評判ですよ。准将がモルトに赴任されてからも、将軍は何度も手紙を寄越されています。准将を我が子同然に想われている証《あかし》でしょう」

それからヨエルはしばらく雑談を交わし、宿舎に戻った。リヒトはまだ司令部に詰めているそうだから、安心して考え事に集中出来る。

「…リヒトは、やはりリヒトだということか…？」

椅子の背もたれに体重を預け、ひとりごちる。

生《な》さぬ仲の養父とも実の親子のように打ち解けるなんて、双子《ふたご》の弟にすらろくに関心を抱かなかったゼルギウスには無理な話だ。左手でサーベルを振るったのだって、利き手が使えない不測の事態に備えていただけだと言われれば一応は納得出来る。

『…人には決して踏み越えてはいけない一線というものがあるのですよ、大佐』

どうしても引っ掛かるのは、あの、底なし沼のような目だけで——。

「はあ……」

どうにも考えが上手《うま》く纏《まと》まらない。茶でも飲もうかと立ち上がった時、ヨエルはリヒトの書き物机の上に置かれた手紙に気付いた。何気無く差出人を確かめ、はっとする。

「ギースバッハ将軍から…？」

通常、兵士に届く手紙の類には検閲が入るが、将官宛ての手紙は例外だ。開封済みなところを見ると、リヒトが一読した後、置いて行ったのだろう。

ヨエルは迷った末、封筒からそっと便箋《びんせん》を抜き取った。親子同然の養父からの手紙を読めば、リヒトの素顔が少しは覗《のぞ》けるのではないかと思ったのだ。

しかし、文面を読み進めるにつれ、ヨエルの顔からは血の気が引いていった。

そこに記されているのは、駐留中の養子を気遣う愛情に満ちた言葉——ではない。帝国軍本隊の動向…遠征先や兵站《へいたん》の動き、帝都の防衛状況まで、決して外部に漏《も》らされてはならない機密情報ばかりだったのだ。

将軍の立場なら入手は可能だが、たとえ養子であっても、漏らせば厳罰は免れない。もしもリヒトに謀反の意志があり、この情報を悪用されれば、帝都を落とされてしまうかもしれないのだ。

そして末尾には、更に驚くべき内容が待っていた。

『……ゲルバーとその配下には、ご命令通りの処罰が下るよう手を回しておきました。これからも決して逆らいはしません。ですからどうか、あのことだけは秘密にして下さい。妻と息子たちには、絶対に手出しをしないで下さい。どうかお願いします……』

哀願を綴《つづ》る文字は少しずつ崩れてゆき、最後の署名などは読み取れないほど乱れてしまっている。まるで、書いた人間の感情を——怯《おび》えを、そのまま写し取ったかのように。

「…何だ、これは…」

下僕が無慈悲な主人に許しを乞うているとしか読み取れない内容に、ヨエルは愕然《がくぜん》とした。名だたる帝国の勇将が、養子にまでした男に何らかの弱みを握られて脅迫され、いいように使われているのだ。ゲルバーたちに下されるという処罰も、この分なら相当過酷なものなのだろう。

リヒトには、出来ない。

争いを嫌い、いつもヨエルの傍らで太陽のように笑っていたあの純粋な少年には、いかに軍人として教育を受けようと、こんな真似《まね》は不可能だ。

だとすれば、あの男は……。

「——ヨエル」

「……っ！」

背後からそっと叩かれ、ヨエルの肩がびくんっと跳ねた。弾みで手をすり抜けた便箋がひらひらと宙を舞い、黒い軍靴の足元に落ちる。

褐色の手が、それを拾い上げた。

「リヒ、ト……」

「なあに、ヨエル？」

この場にそぐわぬ優しい笑みを浮かべるリヒトのもう一方の手には――左手には、摘んだばかりのみずみずしい白百合《しらゆり》が握られていた。まるで修道院の夏の日の再現だ。

けれど目の前の男は、ゼルギウスではなくリヒトのはずで……仲睦《なかむつ》まじいはずの養父を脅迫し、従わせる男で……。

「……お前は一体、誰なんだ？」

ヨエルの知っているゼルギウスなら、こんなふうには笑わない。ヨエルの知っているリヒトなら、こんな非道な真似は出来ない。

リヒトは底の知れない緑の双眸を細め、くつりと喉を鳴らした。

「俺は、ヨエルに見えている通りの俺だよ」

無邪気に笑う表情はリヒトのもの。

底知れない闇を湛《たた》えた緑の双眸はゼルギウスのもの。

ヨエルは昔、院長に読み聞かせてもらった異国の神話に登場する化け物を思い出した。獅子《しし》の頭に蛇の尾、山羊《やぎ》の胴を持ち、口から火を吐くというつぎはぎの化け物が実在するとしたら、こんなふうに笑うのかもしれない。

自分は狂っているのだと、かつてこの化け物は言った。ヨエルの前に佇《たたず》むのは、狂った化け物なのか。

「だってヨエル、俺がゲルバーどもを返り討ちにした時から、ずっと俺のことを調べているでしょう？　今の俺は、ヨエルの目にどんなふうに見えている？」

足元の大地がいきなり崩れ去ったような衝撃を受け、ヨエルは僅《わず》かによろめいた。

――リヒトは、ヨエルがゲルバーらの不意討ちを覗いていることに気付いていたのだ。その上で泳がせていた。リヒトの思い出を詮索されても素直に応じた。将軍の弱みさえも握る男だ。クレフと会ったことも、知っているに違いない。将軍からの手紙さえ、ヨエルに読ませるためにわざと放置しておいた可能性が高い。

なんという用意周到さ、そして大胆さだろう。あのリヒトに、ここまで出来るとはとても思えない。

ではやはり、この男はゼルギウスなのか？　だとしても何故《なぜ》、弟に成り代わったりなどする？　そんなことをして、何の得がある？

疑問だらけのヨエルの脳内を見透かしたように、リヒトは言った。

「ねえ、ヨエル。ゼルギウスはずっと、リヒトになりたいと思っていたんだよ」

ゼルギウスとして本音を吐露しているのか、双子の弟として兄の心を代弁しているのか、判断することは出来ない。

「だって、ゼルギウスもリヒトと同じだけ…ううん、もっとヨエルのことが好きなのに、リヒトだけがヨエルに可愛《かわい》がられていたから」

まさか、とヨエルは唇を震わせた。

もしも目の前の男がゼルギウスなのだとしたら、ヨエルの心を得るため…リヒトに対するヨエルの親愛の情を利用する、そのためだけに弟に成り代わったと言っているのか？

ヨエルが辿《たど》り着いた結論さえも看破しているはずの男は、暖炉の炭に養父からの手紙をくべた。たちまち灰と化す機密情報には目もくれず、立ち尽くすヨエルの髪に、大事そうに持っていた白百合を挿す。

紙が焦げる臭いは、かぐわしい花の匂いにたちまち掻《か》き消された。

「ヨエルが望むなら、どんな情報だって手に入れさせるよ」

「…機密の漏洩《ろうえい》が軍本部に露見したら、将軍は処刑されるぞ？」

仮にも養父を死なせるつもりかと非難すれば、リヒトはうっとりと微笑《ほほえ》んで跪《ひざまず》き、ヨエルの靴に口付ける。

「ヨエルは優しいね。大丈夫、アレの他にも道具はいっぱいあるから。アレが今のところ一番使いやすいから使ってるだけ。ヨエルは何も心配しなくていいんだよ」

そんなことを心配しているわけではないと訴えかけ、ヨエルは思いとどまった。きっとこの男には、何を言ったところで無駄だ。

この男の脳内には白い花畑があって、ヨエルはそこに住んでいる。住まわされている。

他の誰も、そこを侵すことは出来ない。

「ヨエルに可愛がってもらって、ヨエルを守るためなら何だってする。それだけは、リヒトもゼルギウスも同じだよ」

誇らしげに告げる男の緑の双眸に沈み込まされてしまいそうで、ヨエルはとっさに顔を逸《そ》らした。

――いっそ沈み込まされてしまいたいと一瞬でも願ってしまった自分を、認めたくはなかった。


ヨエルが我に返ったのは、従卒に呼ばれたリヒトが宿舎を出てしばらく経ってからのことだった。どうやらあの男は、まだまだ任務が山積みになっているにもかかわらず、ヨエルの様子を見るためだけに司令部を抜け出してきたらしい。

……いや、ヨエルの体調ではなく、ヨエルがちゃんと将軍からの手紙を読んだかどうかを確かめるために訪れたのかもしれない。

「あいつは一体、何なんだ……？」

ギースバッハ将軍を怯えさせるほどの弱みを摑み、軍を丸裸に出来る情報を把握するだけの知能と周到さを有しながら、あっさりとその手の内をヨエルに明かしてみせる。あたかも、飼い犬が大好きな主人に狩りの獲物をせっせと運び、誉《ほ》めてもらいたがるかのように。

ヨエルは聖衣の隠しから銀百合の指輪を取り出し、じっと眺めた。

無謀なのか、無邪気なのか。

リヒトなのか、ゼルギウスなのか、そのどちらでもあるのか。つぎはぎの化け物のようなあの男が、ヨエルにはまるで理解出来ない。

はっきり言えるのは、ただ一つ。あの男が求めているのは、ヨエルの傍に在る、ただそれだけだということだ。

愚かとしか言いようがない。いずれあの男は、ヨエルの犠牲になると決まっているのに。

いや、あの男のことだから、ヨエルのために命を捨てられるのならば喜ぶのかもしれない。

ヨエルのために死ねるのなら幸せなのかもしれない。

あの男が居なくなる。太陽のような笑顔も、底知れぬ沼のように深い双眸も、二度と見られなくなる……。

氷を飲み込んだような寒気を覚え、ぐっと指輪を握り締める。そこへやって来た従卒がマリウスの来訪を告げ、ヨエルは慌てて指輪を仕舞った。

「ヨエル様、お加減はいかがですか？」

恭しく伺いを立ててくるマリウスは、顔色が悪く、少しやつれたようだ。帝国人ばかりの基地での生活がよほど肌に合わないらしい。加えて、あれだけ周囲に疎まれれば居心地が悪いのも当然だろう。自業自得なので、同情する気も起きないが。

「問題無い。もうすっかり復調した。…お前の方こそ、大丈夫なのか？」

「おお、これはこれは。まさかヨエル様に、卑小なる身をご心配頂けるとは思いませんでした。ありがたいことです」

嫌みたらしい口調は、かつてヨエルにすげなく拒絶された時のことを当てこすっているのだろう。そう言えば、こうしてマリウスと二人だけで話すのは、初めてリヒトに身体《からだ》を許した翌日以来だ。

「…それで、どうしたのだ？　わざわざここまで来るくらいだ、何かあったのだろう？」

あまりこの男と長く二人きりで居たくなくて、さっさと話を変える。

マリウスはほんの一瞬むっとしたようだったが、すぐに本題を切り出した。

「ヨエル様に策を提案したく、参りました。ギースバッハ准将をこちら側に寝返らせ、王国の工作兵を潜入させてはいかがでしょうか」

「リヒ……ギースバッハ准将を？」

「はい。王国に寝返った准将が自ら工作兵を招き入れた形を取り、その後准将を殺して口封じをしてしまえば、我らの関与が疑われる心配も無くなります。今や、ギースバッハ准将はヨエル様の虜《とりこ》。ヨエル様の願いとあれば、容易《たやす》く聞き届けられますでしょう？」

確かに、リヒトはヨエルが願えば、躊躇《ためら》いも無く同胞たちを裏切り、笑顔で工作兵を引き入れてくれるだろう。あのクレフでさえ勘付かないほど完璧に、何の証拠も残さずに。帝国の勇将を恐れさせ、従わせる化け物には容易いはずだ。

マリウスは正しい。利用するだけ利用して、リヒトを始末してしまえば、教会の関与が疑われずに済むばかりか、英雄の裏切りという大打撃を帝国軍に与えられる。混乱に陥ったモルト駐留軍は攻め寄せる王国軍に蹂躙《じゅうりん》され、壊滅させられるだろう。

かくして大いに面目を施したエーベルハルトが、ヨエルに大司教の位を与えるのは間違いない。切望した法王の座に、また一歩確実に近付ける。

マリウスの策を受け容《い》れさえすれば。――リヒトの命を、犠牲にさえすれば。

諾と答えるべきなのはわかっていた。実際、そうするつもりだった。

「――駄目だ」

けれどヨエルの唇が紡いだのは、拒絶の言葉だった。

「な…っ、何故です⁉」

まさか退けられるとは思ってもみなかったのか、マリウスが細い目を限界まで見開くが、何故と聞きたいのはヨエルの方だ。

……何故、自分はリヒトを……化け物のようなあの男を、失いたくないなどと思ってしまったのだろう？

「小規模とはいえ勝利を収めたことで、教会に頼るを良しとしなかった王国の上層部も、だいぶ態度を和らげてきています。ここでモルトを奪還させれば、王国における教会の権威はますます高まりましょう。法王猊下《げいか》もお喜びになるはずです。ヨエル様のためにもなることですのに、何故……」

「付け上がるな、マリウス」

ヨエルのため。同じ言葉でもリヒトなら苛立《いらだ》ちと同時に優越感も覚えるのに、マリウスの場合は嫌悪しか感じない。きっと、本当にヨエルに愛されることだけしか考えていないリヒトに対して、マリウスには己の欲望しか無いからだろう。

ヨエルが任務を成功させれば、マリウスもまたエーベルハルトから褒美《ほうび》を与えられるだろう。ヨエルのためと称して、この男は己の栄達のためにヨエルを利用しようとしている。それがわからないほど、ヨエルの目は曇ってはいない。

「猊下から命を下されたのは私であって、お前ではない。違うか？」

「……くっ…」

「任務遂行の時機を判断するのも私だ。お前は己の役目を果たしてさえいればいい。…さあ、わかったらさっさと出て行け」

「…准将に、抱かれるからですか？」

俯《うつむ》いていたマリウスがゆっくりと顔を上げた。そこに貼り付いているいやらしい笑みが、ヨエルの神経を逆なでする。

「どういう意味だ」

「准将と睦み合うのに邪魔だから、私をさっさと追い出したいのですかとお聞きしたのですよ。ヨエル様はあの傷物の黒犬を、ことのほかお気に召しておいでのようですから」

「…マリウス、貴様…」

自分以外の人間が、あの男を犬呼ばわりするのは我慢出来ない。絶対に許せない。

怒りを露《あら》わにするヨエルに、マリウスはにたりと笑う。

「お怒りになった顔もお美しい。…ヨエル様、お気付きではないのですか？　貴方《あなた》がそのように感情を剝《む》き出しにされるのは、今回が初めてなのですよ」

「な、……ぁ？」

無礼者を踏み付けてやろうとした瞬間、口元に布を被《かぶ》せられた。つんとする臭いを吸い込むや、頭がくらりとして、全身に力が入らなくなる。

そのまま床に倒れ込みそうになったヨエルを、待ち構えていたマリウスが受け止めた。

「残念です、ヨエル様。ずっと猊下の美しい玩具《おもちゃ》でいれば…心無き傾城《けいせい》の聖者のままでいれば良かったものを、貴方は准将に関わられ、変わってしまわれた」

「……う、あ…、あ…」

「お言葉に従い、私は私の役目を果たすことにいたしましょう」

再び布を強く押し付けられ、ヨエルの意識は真っ黒に塗り潰された。

「……本当に、私は貴族になれるのだろうな?」

不安そうな声が聞こえ、ヨエルの意識はふっと浮上した。手首に縄が食い込む感触。後ろ手に縛られ、転がされているようだ。

激しい頭痛を堪《こら》え、そっと目を開ける。窓の無い室内には、軍服の男たちが数人と、マリウスの姿があった。こちらに背を向け、一人だけ椅子にかけた男と何やら話し込んでいる。

「ご安心下さい、閣下。王国からは、猊下を通じて既に連絡を受けております。…王国は、閣下を子爵としてお迎えするそうです」

「お、おお……っ、私が子爵に……！」

「おめでとうございます、閣下！」

椅子を蹴倒さんばかりに立ち上がり、マリウスの手を握り締めるのはアイスラーだ。はやしたてているのは、取り巻きの幹部たちだろう。

アイスラーが居るということは、ここはアイスラーの宿舎なのか？　だが、こんな薄暗くてじめじめした部屋など無かったはずだ。貯蔵庫にしてはがらんとしすぎている。

――しくじった。

ヨエルは意識を失う前の出来事を思い出し、ほぞを噛《か》んだ。

マリウスに嗅がされたあの臭いは、短時間だが人間の意識を奪う効果があり、ヨエルもかつて任務では何度か用いたことがある。あの後、マリウスは配下の兵士たちを使い、気絶したヨエルをここに運び込んだのだろう。

まさかマリウスがあんな暴挙に出るとは思わなかったとはいえ、むざむざと捕らわれてしまった自分に腹が立つ。リヒトに侍《はべ》られ、守られる日々が続いたせいで、危機感が薄れてしまっていたのかもしれない。マリウスは味方ではないと、モルトに到着するまではあれほど警戒していたのに。

『ゼルの分まで、俺がヨエルを守るよ』

閃《ひらめ》いてしまった男の笑顔を、ヨエルは小さく頭を振って追い出した。

この状況を招いてしまったのは間違いなくヨエル自身だ。マリウスの意図は不明だが、どうにかして自分の力で脱出しなければならない。今までだって、そうしてきたではないか。

ヨエルは縛られたまま小さく身をくねらせ、己の状態を確かめた。凶器を仕込んだクロスは奪われていたが、聖衣はそのままだ。銀百合の指輪の感触もある。小さなものだったので、マリウスも気付かなかったのだろう。

強い安堵を感じる自分に、ヨエルは戸惑った。指輪よりもクロスが無事であった方が、脱出には役に立つのに。

「アイスラー閣下には、法王猊下も強い期待を寄せていらっしゃいます。見事お務めを果たされ、王国貴族となられたあかつきには、大教会にてじきじきにお言葉を賜るおつもりです」

「なんと素晴らしい……。このアイスラー、猊下のおんためならどのような働きもする所存であると、猊下にお伝え願いたい」

「頼もしいお言葉、猊下もきっと喜ばれるでしょう。……おや」

ふと振り返ったマリウスが、ヨエルに気付いた。にやりと笑って歩み寄り、勝ち誇ったように見下ろしてくる。その首にかけられているのは、ヨエルのクロスだった。

「お目覚めになりましたか、ヨエル様。ちょうど皆様もお揃《そろ》いになったところですよ」

「…マリウス、お前、何のつもりだ」

「申し上げましたでしょう？　私は私の務めを果たしているまでですよ。法王猊下から賜った任務をね」

「……ッ…」

革靴に包まれたマリウスの爪先が、ヨエルの顎を無理矢理上向かせた。怒りに燃えるヨエルを面白がるように、あるいはいたぶるように、マリウスはヨエルのクロスを摘まみ上げ、舌先で舐《な》め上げる。ぞおっと、聖衣の下の肌が粟立《あわだ》つ。

「猊下は私に、もしも貴方が人の心を取り戻すようなことがあれば始末せよと命じられました。教会の暗部を知り過ぎた貴方が、万が一にも誰かに心を許し、機密を漏らせば、大事になりますから」

「猊下、が…？」

「いつもの貴方なら、私の案を一も二も無く採用されたはずです。ですが、貴方は拒まれた。ギースバッハ准将を、死なせたくなかったから」

「違う！　……つぅ！」

瞼《まぶた》の裏がちかちかするような激痛が、ヨエルを襲った。マリウスが思い切りヨエルの顎を蹴り上げたのだ。無様に床に転がるヨエルを、マリウスは更に蹴り付ける。

「何が違うと言うのですかっ！　貴方は、私を袖にしておきながら、あの卑しい黒犬に心を奪われたのだっ！」

「ッ、…クッ」

「そうでもなければ、私が拒まれるはずがない！　犬如《ごと》きに、私が劣るはずなどない！」

降り注ぐ理不尽な怒りと暴力を止めたのは、黙ってなりゆきを見守っていたアイスラーだった。

「そのくらいにしておいたらどうだ、マリウス。あまり痛め付けて、使い物にならなくなったらどうする」

たとえ敵であっても犬呼ばわりされるのは屈辱だったのか、アイスラーも取り巻きたちも少々苛立っているようだ。我に返ったマリウスもちゃんと気付いたらしい。

「…申し訳ありませんでした、閣下。名誉王国人、それも貴族になられる閣下の御前で見苦しい真似をいたしました」

「いやなに、わかれば良いのだ」

歯が浮くようなマリウスの世辞に、アイスラーはあっさりと機嫌を直し、ぎらつく欲望の眼《まな》差《ざ》しをヨエルに向けた。

「こうしてあいまみえるのは久しいな、司教」

「…………」

「悪いが、そなたには我が野望の礎となってもらうぞ。なに、案ずるな。せめてものはなむけに、たっぷりと良い想いはさせてやる。ここに居る皆でな。その後、ギースバッハ准将の後を追わせてやろう」

アイスラーの言を理解した瞬間、背筋が凍った。戦慄《せんりつ》は驚愕へ、そしてすぐに怒りへと変化する。

……この男、リヒトを殺したとでもいうのか……!?

「ふふ、顔色が変わりましたね。やはり准将は、貴方にとって特別な存在のようだ」

「…あの男に、何をした」

悪寒と痛みを堪えて睨《にら》み付ければ、マリウスはおかしそうに肩を揺らした。

「准将なら、旗下の百騎を率い、オーロ攻略に出立されましたよ。ほんのついさっきのことです」

「たったの百騎で、オーロを？」

オーロには少なくとも千人の王国軍が詰めているのだ。いくらリヒトでも、たった百騎で攻め入るなど、狂気の沙汰《さた》だ。

「お前……」

ヨエルははっとして、マリウスを見上げた。さっき聞いていたアイスラーとの会話から、マリウスの企《たくら》みを察知したのだ。そしてヨエルが行く先には常に付いて来る男が、ここに居ないわけも。

「私を人質にして、リヒトを死にに行かせたのか……」

ヨエルが使い物にならないと判断したマリウスは、リヒトではなく、アイスラーを味方につけることにしたのだろう。王国への亡命と、子爵の位を餌にして。

かつての支配者の国で貴族になれると囁《ささや》かれ、アイスラーは飛び付いたのだろう。年齢的にも能力的にも、帝国ではこれ以上の出世は望めないだろうから。

そしてリヒトには、ヨエルの命と引き換えに、死地へ赴かせたのだ。表向きは功を急いだリヒトの独断専行だったということにすれば、邪魔なリヒトを始末出来るばかりか、宿敵であるギースバッハ将軍も失脚させられる。

王国軍は、英雄を失い工作兵の破壊工作によって混乱の極みにあるモルトに攻め入り、そのまま奪還する。ヨエルはリヒトを止めようとして殺されたことにでもすれば、平和のために尽力した司教を死なせたとして、教会も王国に有利な仲裁をしやすくなる。

「もう、全ておわかりになりましたか。さすがはヨエル様です。ここで始末してしまうのは勿《もっ》体《たい》無《な》いですが…仕方がありませんね。それが法王猊下のご意志なのですから」

「マリウス。その前に…忘れておらんだろうな？」

「わかっておりますとも。閣下にはぜひ、ヨエル様に最期の快楽を存分に味わわせて差し上げて下さい。皆様もご一緒に」

「おう、任せておけ」

ヨエルという極上の餌を前に、王国人の司祭に恭しく頭を下げられ、アイスラーはすっかり悦に入ってしまっている。王国での輝かしい未来を信じて疑っていないのだろう。

だがヨエルは、王国が犬と蔑《さげす》む帝国人の亡命を受け容れ、あまつさえ爵位を授けるなど、到底信じられなかった。おそらくエーベルハルトの偽りだ。アイスラーは王国へ逃れる途中、教会の手によって、幹部たち共々密《ひそ》かに葬られるだろう。

そうとも知らず得意気なアイスラーを嘲《ちょう》笑《しょう》する資格は、ヨエルには無い。

エーベルハルトたちへの怒りと憎しみを原動力に、唯一の武器である身体を使い、どんな汚い任務も厭《いと》わず遂行し、ここまで上り詰めてきた。爪を研ぎ、牙を磨き、いいようになぶられるだけの側から、下僕を足元に跪かせる支配者になった。そのつもりだった。

——けれど結局は、もてあそばれる側でしかなかったのだ。エーベルハルトはヨエルの野心を正確に見抜き、マリウスに監視させていた。

ヨエルはあの老獪《ろうかい》な法王の掌《てのひら》の上で踊り続けていただけだったのだ。もしもヨエルが任務に失敗すれば、帝国の過失を装ってマリウスにヨエルを殺させ、それを仲裁の足がかりにするつもりだったに違いない。

利用するつもりが利用されていた自分自身の愚かさが、ヨエルを打ちのめし、ずたずたに引き裂く。勝利を確信したマリウスや、欲望にぎらつくアイスラーたちの顔がぐにゃりと歪《ゆが》み、視界が暗転しそうになる。

『俺にとっては今もヨエルは俺を…俺たちを助けてくれた聖者のままだ』

霧散しそうになった意識を、ここには居ない男の言葉が繋《つな》ぎ止めた。

こうしている間にも、リヒトは死地へと馬を進めている。あの男のことだ。ヨエルの命と引き換えにされ、迷わずマリウスに従ったのだろう。

……本当に、愚かな男だ。救いようも無い。

リヒトともゼルギウスともつかない、つぎはぎの化け物は、きっと今、無様に転がされたヨエルを見ても、白百合を捧《ささ》げ、俺の聖者と真摯に囁くのだろう。何があっても、あの男の中に居るヨエルは、白い花畑に佇む神聖にして不可侵の聖者なのだから。

愚鈍で穢《けが》れた聖者と、つぎはぎの化け物。……何とも滑稽で、釣り合いの取れた組み合わせではないか。

「……くくっ」

ひとりでに笑みが零《こぼ》れ、次いで決意が溢《あふ》れる。

リヒトでもゼルギウスでも、どちらでも良い。ヨエルに狂ったあの化け物を、失いたくない。死なせたくない。あの男以外に、この身を触れさせたくない。

あの男にとってヨエルが絶対の聖者であるように、胸に満ちるこの強い想いは、全てが欺瞞《ぎまん》だったヨエルの世界に残された、唯一の真実だ。

「……ヨエル様？　まさか、気でも触れましたか？」

笑い続けるヨエルを、マリウスが怪訝《けげん》そうに覗きこんでくる。

ああそうだ、ヨエルも狂ってしまったのかもしれない。囚われてしまったのかもしれない。

化け物の脳内にある、白い花畑に。

「……いや。ただ、覚悟を決めただけだ」

——化け物と共に在る覚悟を。

本心は隠したまま、ヨエルは蠱惑的《こわくてき》な眼差しをマリウスに向けた。乱れた聖衣の襟元や、ほっそりとした腰を見せ付けるように身をくねらせる。

「この期に及んで、私ももう見苦しく抵抗をするつもりは無い。…ただ、最期に最高の快楽を味わってから逝《い》きたいと思ってな」

「……ヨエル、様……」

ごくんと息を呑《の》んだのは、マリウスだけではなかった。

アイスラーやその取り巻きたちのぎらぎらとした欲望の視線を艶めいた笑みで受け止めながら、ヨエルはさっと室内を見回す。

出口はアイスラーたちの背後にある扉のみ。リヒトがヨエルの身柄を探さなかったはずはないから、あのリヒトでさえ発見出来ず、それでいて短時間で運び込める場所となると、候補はだいぶ絞られてくる。

きっとここはモルト基地のどこかだ。外に出て、クレフかフランツに助けを求められれば、リヒトに救援の部隊を送ってもらえるだろう。

ヨエルは口の端をねっとりと舐め上げ、紅《あか》い舌を見せ付けた。見えない一物をしゃぶり、なぞりあげるように舌先をうごめかせる。

「まずはお前が、味わわせてくれないか……？」

「……ッ、ヨエル様……！」

ヨエルに歪んだ欲望を抱く男は、黒い聖衣のズボンの前をもどかしげにくつろげるや、ヨエルの胸元に性急に跨《またが》った。ヨエルの前髪を乱暴に引き寄せ、いきり勃《た》ったモノを口内に突っ込んでくる。

「ン、……っ」

「はあ…、はあ、はあ…っ、ヨエル様、…ヨエル…っ」

鼻につく汚臭と気色悪さを堪え、従順に舌を絡ませ、奉仕してやれば、マリウスは白い肌を真っ赤に染めながら夢中で腰を動かした。

その肩を、アイスラーが横からがしっと掴む。

「おい貴様、抜け駆けとはけしからんぞ。まずは我らが存分に可愛がってからと言っておったではないか」

「ふ…っ、う、うぅ…っ、ん……」

「…うん？　何だ、司教？」

マリウスのモノを咥《くわ》え、陶然とした表情を装い、縛られた手をとんとんと床に打ち付けてみせれば、アイスラーはでれでれと笑み崩れた。

「そうかそうか、マリウス一人では足りぬか。よしよし、待っておれ」

アイスラーは護身用の短刀を抜き、ヨエルの手首を戒める縄を断ち切った。マリウスは一瞬咎《とが》めるような顔をしたものの、先端を強く吸い上げてやれば、すぐにまた腰を突き上げ始める。

「お前たちはいつでも入れられるよう、司教の後ろを解《ほぐ》しておけ」

自由になったヨエルの手に一物を握らせ、アイスラーは取り巻きたちに命じた。

取り巻きたちは嬉々《きき》としてヨエルに群がり、ズボンを脱がせ、性器や尻のあわいに指を這《は》わせてくる。中にはアイスラーがヨエルの奉仕に夢中になっているのをいいことに、曝《さら》け出した一物をヨエルの白い太股に興奮の面持ちで擦り付けてくる者まで居る。

ヨエルは頬を上気させ、与えられる快感に酔いしれるふりを演じながら、じっと待っていた。男たちが最も無防備になる、その時を。

「ク……っ、い、く…っ」

マリウスの腰の動きがいっそう激しくなり、口内のモノが怒張した。アイスラーもヨエルの巧みな手技に早くも極めそうになっている。

——今だ。

ヨエルは今にも汚液を発射しようとしていたマリウスの一物の根元に、思い切り歯を立てた。

「あ…っ、ぐぎゃあああああああっ！」

マリウスの喉から、絶叫がほとばしった。激痛のあまり、仰《の》け反《ぞ》った弾みでヨエルの口内から血まみれの一物が抜け落ちる。

ヨエルは口内に溜《た》まった血を唾液と一緒にぷっと吐き捨て、痛みにのたうちまわるマリウスからクロスを奪い取った。下肢に群がる取り巻きたちをアイスラーもろとも振り落としざま、クロスから銀鎖を引き出す。

「なっ…、何をする――」

未《いま》だに何が起きたのかわかっていないアイスラーたちを拘束するのは、赤子の手をひねるよりも簡単だった。身繕いをする間も惜しみ、出口を目指すヨエルに、股間を押さえたマリウスが呪いのような言葉を吐く。

「い…っ、今更、遅い…。准将は、もう…、殺されて、いる……」

「…どういうことだ」

オーロまでは軍馬を休みなしで走らせても二時間はかかる。リヒトがオーロ軍と衝突するまではまだ余裕があるはずだ。

「途中で…、倍の伏兵を、潜ませてある…。いくら准将でも、生き延びられるはずがない…っふ、ぎひっ、ぎひぃはははははっ」

耐え難い激痛に正気を奪われつつあるのか、げたげたと哄笑《こうしょう》する男を、アイスラーたちすら不気味そうに見遣《みや》っている。

どこまでも悪辣《あくらつ》な策を講じる男を、血反吐《ちへど》を吐くまで踏みにじるよりも、リヒトの救出をこそ優先しなければならない。伏兵の存在が明らかになったのなら尚更《なおさら》だ。

幸い、扉に鍵はかかっていなかった。扉を開けるとすぐに上り階段があり、ヨエルはようやく地下室に閉じ込められていたのだと理解する。

その先にあった横に滑らせて開ける形式の扉を潜り抜けると、そこは見覚えのある部屋だった。アイスラーの私室だ。あの地下室は、万が一の際、司令官が身を潜めるための壕舎《ごうしゃ》なのだろう。出て来たばかりの扉はほぼ壁と一体化していて、そこにあると知らなければ、まず誰も扉の存在には気付くまい。リヒトも発見出来ないわけだ。

「し……っ、司教様⁉　いかがなさったのですか？」

私室を出てすぐ、アイスラーの従卒に遭遇した。とっさに警戒したヨエルだが、まだあどけなさの残る従卒はヨエルの惨状に純粋に驚いているようだから、アイスラーの仲間ではないだろう。

「……非常事態だ。すぐにクレフ大佐を呼んで来てくれ。なるべく、誰にも気付かれないように」

従卒は戸惑いを浮かべたが、非常事態だとヨエルに繰り返され、泡を食って飛び出していった。

「司教様、そのお姿は……」

従卒と共に現れたクレフは、ヨエルの姿に目を丸くしたものの、すぐに何かに思い当たった顔をした。

「もしや、ギースバッハ准将とアイスラー閣下の行方に関して、何かご存知ですか」

聞けば、リヒトは自分の直属である百騎を率い、クレフたちには何も告げず出撃していったのだという。突然のことに、クレフは司令官たるアイスラーに事情を問い質《ただ》そうとしたのだが、肝心のアイスラーの姿まで無いので、密かに探し回っていたところだったそうだ。

「実は……」

ヨエルは人払いを求めてから、マリウスやアイスラーたちの策謀と、地下室の存在を明かした。当然、あくまでマリウスの一存であり、ヨエルは被害者だということにしてある。聡《さと》いクレフはヨエルの関与をも疑うかもしれないが、今はそこを追及するよりも、リヒトの救出を優先するだろう。

「そんなことになっていたとは……わかりました。すぐに准将の救出に向かいましょう」

クレフはヨエルの予想通りの決断を下した。

クレフの命を受け、アイスラーたちを捕縛すべく、兵士たちが地下室へと下りていく。彼らとは別に、武装した騎兵三百騎が、半時も経たずに集められた。いずれも馬術に長《た》けた精鋭揃いだ。無用の混乱を防ぐため、司令官の裏切りを伏せた上でクレフが秘密裏に動かせる最大の数だそうである。指揮もクレフが直接執るという。

「クレフ大佐、迷惑を承知でお願いします。私もお連れ下さい」

騎兵たちが揃う間に身繕いを済ませ、ヨエルはクレフに懇願した。

「足手まといになるようなら、置いていって下さっても構いません。……准将は私のせいで危険を冒されているのです。どうか私に……友を、助ける機会を下さい……！」

「司教様……」

最初は頑として拒んでいたクレフも、ヨエルがリヒトを自ら友と呼んだことで心を動かされたらしい。渋々ながらも同行を許してくれた。常に部隊の真ん中で守られていること、敵部隊と接触した際は後方に下がることを条件に付けられたが、リヒトの元へ行けるのなら文句は無い。

モルトの空は、ヨエルの不安を写し取ったかのように暗雲が垂れ込めていた。時折、遠くからごろごろと雷鳴が聞こえてくる。あと少しすれば、雷雨になるだろう。

部隊の先頭から、振り返ったクレフが本当にいいのかと目線だけで問うてくる。ヨエルは貸し与えられた馬の手綱を握り、毅然《きぜん》と頷いてみせた。

——ヨエルが同行したところで、戦闘には何の役にも立たない。密偵としての暗殺技術は正面切っての戦いでは活《い》かしようが無い。

けれど、本能がしきりに叫ぶのだ。

行け、と。——行って、あの男を取り戻せ、と。

「全軍、出撃!」

クレフの号令に従い、ヨエルを囲む漆黒の騎兵たちは一糸乱れず行軍を開始した。

モルトを出撃して半時も経つ頃には、激しい雨が降り始めていた。絶え間無く雷鳴がとどろき、稲妻が暗い空を白く染め上げる。

鋪装されていない地面はたちまちぬかるんだが、帝国の精鋭たちに操られた馬は脚を取られることも無く駆け続けている。その速度は落ちるどころか、ますます上がっていく。

帝国兵の強靭《きょうじん》さに驚嘆しながら、ヨエルも彼らに置いて行かれまいと、懸命に手綱を操った。道が悪いせいでがくがくと揺れ、しっかり馬の背を挟み込んでいなければ振り落とされそうになってしまう。

兵士としての訓練を受けているわけではない身体はすぐに疲労し、荒い息を繰り返すたびに雨水が口や鼻から流れ込んでくる。雨水を吸い、ずっしり重たくなった聖衣の冷たさが、体力と体温をどんどん奪っていく。がちがちとひとりでに歯が鳴る。

きっと酷《ひど》い有様なのだろうと思う。信奉者たちでさえ、今のヨエルの姿には眉を顰《ひそ》めるだろう。

まさかこの自分が——傾城の聖者とまで謳《うた》われた自分が、たった一人の男のために、泥まみれになって馬を駆ることになろうとは——。

皮肉な笑みを浮かべた時、先頭のクレフが全軍停止の合図を送ってきた。ヨエルと帝国兵たちが馬を止めさせると、雷鳴に混じり、微《かす》かな怒号と剣戟《けんげき》の音が聞こえてくる。近くで何者かが戦っているのだ。

クレフと並走していた兵士が、ヨエルの傍に馬を寄せてきた。

「准将の部隊が、王国軍と交戦中の模様。我らもこれより戦闘態勢に入ります。司教様は後方へお下がり下さい」

ヨエルが素直に従い、最後尾に移動すると、部隊は再び進軍を始めた。戦場の音が雷鳴と共に大きくなるにつれ、激しい雨でさえ掻き消せないほどの血の匂いが、ヨエルのところまで漂ってくる。

ヨエルは無意識に聖衣の上から銀百合の指輪をきつく押さえていた。

……大丈夫だ、あの化け物がヨエルに黙って死ぬわけがない。

小さな、だが確かな指輪の硬さが、ざわざわと波立つ不安をほんの少しだけ鎮めてくれる。

しかしそれは、戦場と化した平野に到達するまでのことだった。

「…酷い…」

ヨエルの護衛のために残った兵士が、思わずというふうに口元を覆う。

ヨエルもまた、その隣で呆然《ぼうぜん》と凄惨《せいさん》な光景に目を見開いていた。手綱をきつく握り締めていなければ、馬から転げ落ちてしまっていたかもしれない。

――眼前で繰り広げられているのは、戦闘ではなく、一方的な虐殺だった。

黒い軍服を纏《まと》った数多《あまた》の骸《むくろ》が、そこかしこに打ち捨てられている。その多くが背中や肩に矢を生やし、絶命していた。側面から予期せぬ奇襲を受け、落馬したところを抵抗出来ぬまま一斉に攻撃されたのだろう。仰向《あおむ》けでこときれた骸はいずれも、驚愕と無念の表情を晒《さら》している。

まだ息がある者たちにも、愉悦の笑みを浮かべた王国兵は次々と襲いかかり、なぶるように殺していく。青い軍服を纏った彼らの数は黒い軍服の軽く倍はありそうだ。

そんな中、たった一人だけ、戦場を支配しつつある死神に抵抗し続ける男の姿を、ヨエルの目は吸い寄せられるように捉えていた。濡《ぬ》れた金髪を獅子のたてがみのごとくなびかせた男が、馬上でサーベルを振るい、怒濤《どとう》の勢いで押し寄せる王国兵たちをなぎ倒していく。

震える唇が、男の名を紡いだ。

「リヒト……ッ」

生きていてくれた。死ななかった。

全身から湧き上がった喜びは、だが、リヒトがくるりと馬を反転させた瞬間、粉々に打ち砕かれた。深い森、あるいは底なし沼の緑だったはずの右目は矢を受けたのか無惨に潰され、真っ赤に染まっている。

そこからぼたぼたととめどなく溢れ続けるものが鮮血だと理解するや、今まで味わったことの無い恐怖と焦燥がヨエルを襲った。

「なっ、帝国の援軍だと⁉」

「怯《ひる》むな、迎え撃て！」

クレフに率いられた帝国軍が、サーベルを抜き放ち、リヒトや生き残りたちを救わんとなだれを打って攻め込んでいく。

青一色だった戦場には、たちまち漆黒が入り乱れ、そこかしこで剣戟が始まった。馬術に優れた帝国に対し、王国は弓術に長けるが、この乱戦では同士討ちを恐れて弓矢を使えない。

正面からのぶつかり合いなら、帝国軍が圧倒的に有利だ。しかし、リヒトに群がる王国兵たちはなんとしてでも手負いの英雄をここで仕留めようというのか、援軍の迎撃もせず死に物狂いでリヒトに突撃していく。

帝国の援軍は王国兵たちを次々と蹴散らし、リヒトの元へ向かおうとするが、なかなか王国兵の分厚い囲みを突破出来ない。

……クレフはおそらく、間に合わない。

重傷を負い、大量の血を流しながら戦うリヒトの体力はきっともう限界だ。クレフたちがリヒトの元に辿り着くよりも、リヒトが力尽きる方が早い。

王国兵によってたかってなぶり殺されるか、落馬して地面に叩き付けられ、血を失って死ぬか。

許せない。どちらも許せるはずがない。

だって、リヒトは誓ったのだ。ヨエルを守ると。

ヨエルはまだ、こんなところで死ぬつもりなど無い。生きて、マリウスやエーベルハルトたちに必ずや報いを受けさせる。

だからリヒトも、生きなければならないのだ。……ヨエルと共に。

「――慈しみ深き、我らが父なる神よ――」

血の気の失《う》せた唇から零れたのは、神を讃《たた》える聖句だった。

全身が冷え切っているせいで、思うように喉を振動させられない。いつもとは比べ物にならないほど小さく張りの無い、かすれた詠唱は、王都の大教会で披露したなら嘲笑を買うだけだっただろう。

「……今の、声は？」

「聖句…？　一体、誰が…？」

だが、血煙を上げて戦っていた兵士たちは、王国兵も帝国兵もサーベルを握った手を止め、戸惑ったように辺りをきょろきょろ見回している。

ヨエルは馬から下り、戦場に向かって歩き出した。護衛の兵士が泡を食って止めようとするが、制止の声などヨエルの耳には届かない。

とどろく雷鳴がヨエルを鼓舞し、戦場を白く染める稲妻がヨエルを招いていた。ヨエルに狂った化け物の元へと。

「――汝《なんじ》は我らが悲しみを消し去り、歓《よろこ》びをもたらし給う――」

一言紡ぐたびに、ヨエルの心臓は力強く脈打ち、熱い血潮を全身に巡らせる。

エーベルハルトに引き取られてから、聖句の詠唱はただ信徒を魅了し、眩惑《げんわく》するための手段でしかなかった。パイプオルガンの荘厳な伴奏に合わせ、大教会が金に飽かして注文した豪奢《ごうしゃ》なステンドグラスの前で詠《うた》い上げるヨエルを、信徒たちはありがたやと涙を流しながら伏し拝んだ。ヨエルが慈悲深い微笑の下で、ちょろいものだと舌を出しているのも知らずに。

神など居ない。本当に神が居るなら、腐りきった教会に鉄槌《てっつい》を下さないはずがない。

だから聖者も存在しない。大陸中に残る聖者の奇跡の逸話は、ただのおとぎ話だ。

今もヨエルの考えは変わってはいない。神も聖者も信じない。

けれど、あの男がそうであると信じるのなら。

——ヨエルも信じよう。あの男が信じる聖者を。自分自身を。

——なってみせよう。白百合が咲き乱れる花畑に佇む、凛《りん》として高潔な、誰にも侵されざる聖者に。

いつしか、しんと静まり返っていた戦場に、ヨエルの詠唱は朗々と響き渡った。

帝国兵も王国兵も、不倶戴天《ふぐたいてん》の敵を前にしながら武器をだらりと下げ、棒立ちになっている。異様な光景だった。息のある者は皆、魂を抜かれたような、あるいは子どものように無心な顔で、ゆっくりと歩を進めるヨエルを凝視している。クレフも、リヒトに殺到していた王国兵たちも、リヒトも例外ではない。

ヨエル、と唇をわななかせるリヒトに、ヨエルは微笑みかけた。

……大丈夫。お前はそこで待っていろ。すぐに行ってやるから。

「聖者様だ……」

うわずった声を上げたのは、一人の王国兵だった。自らの呟《つぶや》きを引き金に、サーベルを捨て、ぬかるんだ地面に身を投げ出す。それを見た周囲の王国兵たちも、次々と同胞に続いた。

「聖者様が、降臨された……」

「なんと麗しくも、慈悲深いお顔だ……」

ヨエルが進むそばから、まるでさざ波が広がるように王国兵たちは跪いていく。中にはヨエルが刻んだ足跡に口付ける者まで居る。

元々王国人は、帝国人よりも遥《はる》かに篤い信仰心の持ち主である。聖者に対する敬慕の念もそれだけ強い。だからこそエーベルハルトは、聖者に生き写しのヨエルの美貌を利用したのだ。対して今のヨエルは、大教会で礼拝を司っていた時とは異なり、簡素な白の聖衣を纏ったきりだ。

銀糸の豪奢な刺繍《ししゅう》が施されたケープはおろか、宝石が嵌め込まれた杖《つえ》も、聖職者の証のクロスすら下げていない。その聖衣もしとどに濡れそぼち、あちこち引っかけたせいで破れ、裾は泥に汚れている。さっきからずきずきと痛む頬は、マリウスに蹴られて痣《あざ》になってしまっているかもしれない。銀の髪からはぼとぼとと雨水が垂れてくる。

雨と泥にまみれた、ぼろぼろで傷だらけの聖者に——たった一人の男のことしか頭に無いヨエルに、王国兵たちはそれでも恍惚《こうこつ》の光さえ浮かべて頭を垂れる。雷鳴は聖者のための伴奏、稲妻は聖者を照らす神の光、吹き荒れる風さえも聖者の道しるべであるとばかりに、ヨエルの紡ぐ聖句に聞き惚《ほ》れる。

「司教様……いや、聖者様……」

やがて王国兵たちの静かな熱狂は帝国兵たちにも伝染してゆき、あちこちで武器が落とされた。

あと少しでリヒトの元に辿り着ける。そんな時だった。ひときわ立派な王国の軍装に身を包んだ司令官らしい兵士が、我に返って叫んだのは。

「せ…っ、聖者様が、こんなところにおいでになるはずがない！　やつは犬どもが用意した偽者だ！」

まるで自分自身に言い聞かせるように喚《わめ》き立てながら、サーベルを抜き、ヨエル目がけて突進してくる。はっとしたリヒトが馬首を巡らせるが、司令官は手負いのリヒトの攻撃をくぐり抜け、あっという間にヨエルに肉迫した。

「偽者の聖者に、天誅《てんちゅう》を！」

振りかざされた白刃が、雷光を反射してぎらりと光る。

「聖者様が！」

わあっと、この世の終わりのような悲鳴があちこちで上がる。

ヨエルは逃げなかった。逃げられなかったのではなく、その必要を感じなかったのだ。あの剣は自分を毛のひとすじ分も傷付けられない。奇妙な、だが確固とした自信と予感があった。

そして、ヨエルの予感は的中した。

――ドドオオオンッ！

大地を揺らす迅雷《じんらい》。

あたかも天の嘆きのごとく暗雲から放たれた一条の霹靂《へきれき》が、辺り一面を真っ白に染め上げ、今にもヨエルを切り裂こうとしていた剣に命中する。

鋼の剣は一瞬で消し炭と化し、その持ち主も無事では済まなかった。全身を白い雷光に包み込まれた司令官は、悲鳴を上げる間も無く焼き尽くされ、無惨な骸となって大地に転がる。

手を伸ばせば触れられるほど近くに居たにもかかわらず、ヨエルには怪我《けが》一つ無い。

聖者に害を為《な》そうとした慮外者《りよがいもの》に、天が裁きを下した。誰の目にも、そうとしか映らない光景だった。

「おお、神よ……！」

奇跡を目の当たりにした王国兵たちは、自軍の司令官が命を奪われたというのに、感涙にむせびながら天に祈りを捧げ始める。

ヨエルが視線で合図を送ると、異様な空気に飲まれていたクレフはようやく我に返り、号令をかけた。

「王国兵を捕縛せよ！」

硬直していた帝国兵たちは、夢から覚めたように動きだした。

宿敵の帝国兵に縄を打たれても、抵抗する王国兵は一人も居ない。それどころか、自ら進んで縄にかけられる者も少なくない。そういった者たちは皆、決まってヨエルに熱狂的な視線を注いでいた。

二国の兵士たちの注目の的にされながら歩き続け、ヨエルはようやく足を止めた。求め続けた男は、落雷の弾みか、落馬していた。周囲の土や水溜まりが血で赤く染まっている。尋常ではない出血量だ。普通の人間なら、身動き一つままならないだろう。

だが、リヒトは地に倒れ伏しつつもしっかりと意識を保ち、残された左目でヨエルを見上げた。血まみれの顔に、笑みを浮かべて。

「……良かっ、た…。ヨエル、無事、だった……」

「リヒト……」

「これ、を……ヨエル……」

傍らにしゃがみこんだヨエルに、リヒトはふらつく腕を突き出した。褐色の手が決して放すまいと絡め持っているのは、ヨエルのペンダントだ。鎖はちぎれ、小さな瑠璃石《るりいし》にはひびが入り、リヒトの血がこびりついて赤く変色してしまっている。

「ごめ、ん……奇襲を受けた時に…、落としてしまって……」

「お前……、まさか……っ」

奇襲を受けたとはいえ、リヒトがどうして片目を失うほどの重傷を負ったのか、ヨエルはようやく理解した。

乱戦のさなか、落としてしまったペンダントを捜すためだったのだ。ヨエルの両親の形見であるという以外、何の価値も無いペンダントと引き換えに、リヒトは一生残る傷痕を負ったのだ。視界の半分を失うことは、軍人としては勿論《もちろん》、普通に暮らしていく上でも大きな負担になるというのに。

「お前は……、本当に、馬鹿だ……」

わなわなと震えるヨエルの手の甲に、ぽた、ぽたん、と雨ではない雫《しずく》が落ちる。

「どうして、こんな…どうでもいいもののために、お前は……」

「…どうでもいいもの、なんかじゃ、ない」

絶え絶えな息の下、残されたリヒトの左目に、力強い光が宿った。思わずぎくりとするヨエルの手に、リヒトはペンダントを絡ませた手を乗せる。

「これには、俺の想いが…ヨエルと別れてからの想いが、いっぱい、詰まっているから。これを受け取ってもらえるまでは…絶対に、死ねないって…俺は…」

「リヒト……っ！」

胸の奥底から湧き上がる衝動のまま、ヨエルは血まみれの男を抱き締めた。

更に激しくなった雨が全身を打ち、絶え間無く雷鳴がとどろく。

数多の人々を奈落に突き落としておきながら、愛《いと》しい男の手を取ろうとするヨエルを天が罰

しようとしているのか、それともつぎはぎの化け物と共に在ろうとする聖者を憐《あわ》れんでいるのか、ヨエルにはわからない。この男と歩む先に、何が待ち受けているのかも。

――それでも、もう、どうしようもない。ここまで愛を注がれてしまったら、ここまで執着されてしまったら、いかにヨエルでも逃げられない。諦めて、捕まるしかない。

「ヨエル……ああ、ヨエル……俺、嬉《うれ》しい……」

閨《ねや》以外では初めてのヨエルからの抱擁に、リヒトはうっとりと片目を閉じた。腕の中の身体からは安堵しきったかのように力が抜け、どんどん体温も失せていく。ヨエルにペンダントを渡すという最大の使命を果たし、気力と体力が尽きようとしているのかもしれない。

今にも死にゆこうとする男に、ヨエルは毅然と告げた。

「――許さないからな」

「……、え？」

「私を置いて逝くなんて、絶対に許さないからな」

ぽかんとする男の頭を苦労して膝に乗せ、ヨエルは白くたおやかな左手を、片目でもよく見えるよう間近にかざした。

ほっそりとした薬指に、聖衣から取り出した銀百合の指輪をゆっくりと嵌めてみせる。寸法はあつらえたかのようにぴったりで、少しの緩みも無い。

『でもいつか、ヨエルが俺を傍に置いてもいいと少しでも思ってくれたら……その時は、嵌めて欲しい……』

自身の言葉を、思い出したのだろう。

死人のようだったリヒトの顔に、希望と生気が宿る。

「ヨエル……それは、もしかして……」

期待に震える男の唇に指輪の銀百合をそっと押し当て、ヨエルは微かな声で囁いた。

「リヒトでもゼルギウスでもいい。……お前を、愛してる」

薪《まき》が小さく爆《は》ぜ、ヨエルは顔を上げた。

帝国特産の曇り硝子《ガラス》の向こうに広がる空は、夜の色に染まりつつある。王国より厳しい冬の寒さも、大きな暖炉にあかあかと燃え盛る炎が追い払ってくれる。

落ち着いた色合いの調度で纏められた部屋は、居心地良く暖められており、こうして柔らかなソファにもたれていると、うっかり寝入ってしまいそうだ。

「……ヨエル？」

同じソファに横たわり、ヨエルの膝に頭を預ける男が、左だけになった緑の目をぱちりと開いた。

「何だ…起きていたのか？」

「いや…、今、目が覚めたんだ」

リヒトは眠たげな左目を緩ませ、己の額に置かれたままのヨエルの手にぐりぐりと頭をすり寄せてきた。うたた寝をしている間、ずっと撫《な》でていてやったのに、まだ足りないようだ。

ヨエルは仕方ないなと苦笑しつつも、見た目よりもずっと柔らかな手触りの金髪を指先で梳《す》き、撫でてやった。

幸せそうに瞼を閉じるリヒトは、まるきり主人の膝でくつろぐ金色の大型犬で、見ている方が温かな気持ちにさせられる。それだけに、右目を覆う黒革の眼帯の存在が痛々しくてならない。

「…ヨエル。何度も言ったけど、俺は後悔なんて少しもしてないよ」

沈み込んだヨエルの気持ちを見透かしたように、リヒトが言った。瞼を閉ざしたまま、指先だけで器用にヨエルの左手を探り当て、薬指に嵌められた指輪の輪郭をなぞる。

「ヨエルを守れたばかりか、こうして傍に居ることまで許してもらえたんだ。その代償だとすれば、目玉の一つくらい、安いものだよ」

モルト付近で王国軍と帝国軍が衝突し、多大な犠牲を払いつつも帝国軍が勝利を収めてから、早いものでもう三か月ほどが経つ。

リヒトはモルト基地に運び込まれ、軍医の治療を受けた結果、しばらく寝台から動けなくなったものの、奇跡的な回復を遂げた。しかし、王国兵の弓矢を受け、潰された右目が治癒することは無かったのだ。

「ヨエルさえ…俺の聖者さえ居てくれれば、俺は幸せなんだ。どんな犠牲を払ったって構わない…」

熱く囁くリヒトのシャツの胸元には、小さな瑠璃石のペンダントが輝いている。鎖はちぎれて使い物にならなくなっていたので、新しいものに交換したが、ひびの入った瑠璃石はそのままだ。

両親の形見であるペンダントを、ヨエルはずっと共に在る証として、リヒトに与えた。

——二か月前、司教ヨエルが死亡したその日に。


どうにか自力で歩けるようになると、リヒトは療養のため帝都に帰還することになり、当然のようにヨエルも同行した。エーベルハルトに見切りをつけられた以上、もはや教会にヨエルの居場所は無い。戻ったところで殺されるだけだっただろう。

帝国は動揺を示しつつも、ヨエルの亡命と帝国民としての権利を認めた。帝国の英雄たるリヒトと、その養父ギースバッハ将軍の口添えがものを言ったのは確かだが、それ以上に司教という高位にあるヨエルが持つ教会の情報を欲しがったのだ。

リヒトが右目を失う重傷を負い、多大な犠牲を払ったものの、帝国軍はモルト付近で勃発した戦いに勝利を収めた。リヒトを奇襲した王国兵たちは捕虜にされ、帝国は領土争いにおいて優位に立っていた。

法王エーベルハルトは、そこへ調停に乗り込み、帝国軍にこれ以上の進軍をやめるよう申し入れてきたのだ。その口実として挙げられたのが、神の教えを説くため身を捧げた司教ヨエルを帝国軍が戦闘に巻き込んだ挙句、死なせたというものだった。エーベルハルトはヨエルが既に死んだとして、その死を活用しようとしたのだ。

しかし現実としてヨエルは生きており、教会の腐敗に関する情報を山ほど抱えている。帝国は庇護《ひご》の代わりにヨエルが持つ情報を求め、ヨエルは自分が罪に問われないことを条件に帝国の求めを受け容れた。

モルトで捕縛されたマリウスも帝都に護送され、厳しい尋問によってエーベルハルトの陰謀を白状しつつあるという。マリウスとヨエルがもたらす情報があれば、エーベルハルトとの折衝で帝国が不利を被ることは無いだろう。

もっとも、マリウスの方はヨエルと事情が異なり、情報を吐き出した後は共に捕縛されたアイスラーやその取り巻き共々死刑に処されるそうだが、同情の余地は無い。獄中のマリウスはエーベルハルトに助けを求めていると聞くが、エーベルハルトが願いを聞き届けることはあるまい。

そのエーベルハルトも、密約が不首尾に終わったことで王国の不信を買い、急速に求心力を失っている。仲裁に失敗すれば、いずれ法王の座を追われることになるだろう。期せずして、ヨエルは復讐《ふくしゅう》を果たしたのかもしれない。

愛する男と共に在る今は、過去などどうでも良いものだったが。

聖籍を失い、俗人に戻ったヨエルは、保護の名目でギースバッハ家に引き取られた。ヨエルと一時も離れていたくないというリヒトの意向が大いに反映されたのは、言うまでもない。今では帝都の一等地に建つギースバッハ邸が、ヨエルとリヒトの新たな住処《すみか》だ。

「…本当に、いいのか？　お前の義父上《ちちうえ》や義母上《ははうえ》に一度も挨拶をしないままで…」

金の髪を梳きながら、ヨエルは膝の上の男に尋ねた。ギースバッハ将軍はヨエルの亡命のために尽力してくれた恩人なのに、礼を言うのはおろか、一度も顔を合わせたことすら無いのだ。

ここは元々将軍が妻である姫君と成婚した際、皇帝から下賜されたという由緒ある邸《やしき》なのだが、ヨエルたちの到着に合わせ、将軍は妻と共に別邸へ移り住んでしまった。仮にもリヒトの養父を追い出してしまったようで、ずっと気にかかっている。明日からしばらく邸を留守にするとなれば、尚更である。

しかし、リヒトはあっけらかんとしたものだった。

「ヨエルは優しいね。…いいんだよ、そんなことは気にしなくて。義父上は俺の『お願い』なら何でも聞いて下さるから」

うっとりと幸せそうに細められた左目は、底知れない闇を秘めており、否応無しにかつて盗み読んだ手紙が思い浮かぶ。

ギースバッハ家にとっては厄介の種でしかないヨエルの後ろ盾となり、武勲の証でもある邸まで明け渡した。帝国の勇将にそこまでさせる男は、やはりかつて共に修道院で過ごしたリヒトではなく、ゼルギウスなのではないかと、ヨエルは日々考えを深めている。

けれど、口に出して問うことはしない。いつかこの男の方から、白状させてやろうと思っている。ヨエルに愛されるために、弟に成り代わったのだ、と。

「ふふふふっ……」

突然、リヒトが笑いだした。

どうしたのかと目をしばたたけば、褐色の指先が銀の髪を絡め取る。リヒトに懇願され、この三か月間毛先を整えるにとどめているせいで、ヨエルの髪は肩を越える長さにまで伸びていた。

「ヨエルが嬉しそうな顔をしていたから、俺も嬉しくなったんだ」

「…私は、そんな顔をしていたか？」

「うん、してた。…ねえ、何を考えてたの？」

甘えるように頬をヨエルの膝にすり寄せつつも、緑の左目は嫉妬に光っている。独占欲の強すぎるこの男は、ヨエルの頭を自分以外の人間が占めることすら嫌がるのだ。

邸の広さに反して使用人の数が極端に少なく、リヒト自らヨエルの身の回りの世話を焼いているのも、嫉妬深さゆえである。ここでもし、ヨエルがリヒト以外の者の名でも言おうものなら、その者はいつかのゲルバーのような目に遭わされるのは必定だ。

ぞくぞくするような愉悦と愛しさを感じ、ヨエルは眼帯の上からそっとリヒトの右目を撫でてやる。

「……お前のことに決まっているだろう？」

「ヨエル……！」

リヒトはがばりと起き上がったかと思えば、ヨエルを軽々と横抱きにした。そのまま居間を大股で横切る足取りは全く危な気が無く、片目を失っているというのが信じられないほどだ。

ばたん、と蹴破られた寝室の扉が閉まるよりも早く、ヨエルは寝台に下ろされた。

邸の主寝室に置かれた寝台は、ヨエルが移り住むに際し、リヒトの指図によって新しく入れ替えられたものだ。見事な百合の彫刻が施された木の枠組は白、寝具も白、天蓋から垂らされたレースの帳《とばり》も白。

見渡す限り、どこもかしこも真白い世界の真ん中に座すヨエルを、床に跪いたリヒトは眩《まぶ》しげに見上げた。寝台の縁まで移動し、足を投げ出してやれば、磨き上げられた革靴を性急に脱がせ、靴下に包まれた爪先にむしゃぶりついてくる。

「ヨエル…、ヨエル…」

「…こら、がっつくな」

鼻息も荒いリヒトが、夢中になるあまり鋭い犬歯を立ててくるせいで、絹の靴下はあっという間に穴だらけにされてしまい、爪先が露出していた。ここで過ごすようになってから、一体何百足の靴下がこんな調子で駄目にされてしまったことか。

動けるようになるとすぐにヨエルとまぐわいたがったリヒトだが、リヒトの体調を慮《おもんぱか》ったヨエルは最近まで行為を拒んでいた。そこでリヒトはヨエルの中に入るのを我慢する代わりに、リヒトが望めばいつでも靴下を脱ぎ与えて欲しいと懇願してきたのだ。

それまで拒めば手の施しようが無いほど落ち込まれそうだったので、渋々受け入れたのだが、身体を重ねられるようになった今でもリヒトはヨエルの靴下に並々ならぬ執着を見せている。

いや、靴下のみならず、ヨエルの身に纏うものは全て——特に、ヨエルの匂いが強く染み付いたものに執着しているのだ。療養中のリヒトは、寝台の中にヨエルの脱いだ服や下着や靴下を持ち込み、ヨエルの匂いに包まれて眠っていた。

「だって…、ヨエルが、あんなに嬉しいことを言うから…」

「…っあ、ん、ん…っ」

「俺がどれだけヨエルに飢えてるか、知ってるくせに…っ」

露出した足の親指を夢中で舐めしゃぶりながら、リヒトはぎらつく左目でヨエルを射抜く。

医師から完治を告げられ、念願叶《かな》ってヨエルを寝台に引きずり込んだ時も、同じ目をしていた。あれからもう一月は経ち、夜毎、日毎ヨエルを貪っているのに、左目に宿る飢えは和らぐどころか、抱き合えば抱き合うほど増している気がする。

ヨエルのために同胞を裏切り、祖国を売り、他人にまで成り代わった化け物の飢えが満たされる日は、永遠に来ないのかもしれない。

——だが、その飢えを癒せるのが自分だけだという事実に痺《しび》れるほどの幸福を覚えるヨエルもまた、化け物なのだろう。

「……じゃあ」

ヨエルは妖艶に微笑み、すっと立ち上がった。

ヨエルが日常的に纏うのは、リヒトが用意してくれた白絹のシャツに、白のズボンだ。もう聖職者ではないのだから、どんな色彩を身に着けても構わないのだが、リヒトは必ず一点の染みも汚れも無い純白の衣装をあつらえる。

「食べるといい。存分に」

一度も寸法を測ったことが無いのに、ぴったりのズボンを脱ぎ去ってやれば、ヨエルの足指というご馳走《ちそう》を取り上げられ、よだれを垂らしていたリヒトもぱっと顔を輝かせた。

白絹のシャツの裾からすらりと伸びたヨエルの長い脚は、膝丈の黒い絹の靴下に包まれ、その白さと細さが際立っている。靴下が落ちないよう膝に巻かれた靴下留めには、銀糸で百合が刺繍されていた。

純白に包まれたヨエルが纏う、唯一の色彩。

「は…あっ、ヨエル…っ、ヨエルヨエルヨエル……！」

リヒトは咆哮《ほうこう》し、素肌が透けて見えるほど薄い黒絹に包まれたヨエルのふくらはぎにしがみついた。荒い息を吐きながら頬をすり寄せ、匂いを嗅ぎまくり、こそぐように舐め、甘く歯を立てるうちに、しっとりと湿った靴下は両足分ともずりずりとずり下げられ、リヒトの新たな宝物に加わる。

靴下留めだけが残された白い脚が露わになると、リヒトの呼吸はますます熱く、荒くなった。

ヨエルの下肢にしがみついたまま、上体を伸び上がらせ、シャツの裾から頭を突っ込む。

下着の紐《ひも》を噛んで解《ほど》き、ウエストを咥えてずり下ろし、お目当ての性器にしゃぶりつくのはもう慣れたものだ。愛撫《あいぶ》をするなら寝台にしてくれと何度頼んでも、リヒトは必ず、一度はこうしてヨエルの蜜を飲みたがる。血が通わず、ひやりと冷たいはずの眼帯も、すぐにリヒトとヨエルの温《ぬく》もりを吸って温かくなる。

「ヨエル…っう、あ、あ、ヨエ、ル……」

「やっ…、あっ、あぁっ、あ……っ」

おかげでヨエルも、望んだわけでもないのに、シャツの内側でうごめく男の頭を支えにして、こみ上げる快感を耐えることに慣れてしまった。

男に奉仕されたことなど数えきれないほどあるはずなのに、リヒトの熱い口内に含まれ、射精をねだられると、自分でも信じられないくらいの早さで上り詰めてしまう。ますますリヒトの興奮を煽《あお》り立て、がつがつと貪られることになってしまうとわかっていても、止められない。

先端をじゅうっと吸いたてられると、もう駄目だ。

「あっ…、あああ……っ……！」

ヨエルはシャツ越しにリヒトの頭に爪をたて、びくんびくんと腰や尻を震わせながら精液を吐き出した。しゃくり上げる性器をすかさず根元まで咥え込んだリヒトが、ヨエルの陰嚢《いんのう》を執拗《しつよう》に揉《も》み込み、一滴残らず吸い尽くす。

「はあ……あ、あ……」

全身がけだるくて、少しも力が入らない。精液と一緒に、生気までもが吸われているような気がする。リヒトに支えられていなければ、くたくたと床にくずおれてしまっているだろう。

リヒトはぐったりとしたヨエルを寝台に横たえ、すさまじい速さで衣服を脱ぐと、獣が獲物に飛び掛かるようにのしかかってきた。

「…おい、出立は明日なんだぞ。わかっているのか?」

思わず確かめてしまったのは、リヒトの一物が鍛え上げられた腹筋につくほど反り返っているにもかかわらず、白い粘液をたっぷりと纏わせていたせいだ。ヨエルの性器を喰《く》らい、蜜を飲み干すうちに、一度達してしまったのだろう。

ほとんど間を置かずに雄々しく漲《みなぎ》るのはいつものこととはいえ、明日は遠出の予定が控えているのである。いつもの調子で責め立てられては、リヒトは良くても、ヨエルの身がもたない。

「大丈夫、わかってるから」

リヒトは片方だけになった緑眼を、うっとりと眇《すが》めた。ヨエルのシャツのボタンを一つ一つ丁寧に外しながら、現れた白い胸に褐色の手を這わせる。まるで、少しでも力をこめたら散ってしまう花に対するかのように、そっと。

幾度となく肌を合わせ、ヨエルが繊細な壊れ物ではないと充分知っているはずなのに、リヒトの手付きは初めて抱かれた時から少しも変わらず、ヨエルをくすぐったくさせる。

「最新式の馬車を用意させてあるんだ。旧型よりもずっと揺れないから、目的地まで眠ったまま行けるよ」

「ば、…ば、か…私が言いたいのは、そんな、ことじゃ…っ」

「食べていいって言ったのは、ヨエルだよ？　……俺を、お腹《なか》いっぱいにさせて」

「あっ……ん！」

ぐちゅり、と音をたてて、節ばった指がヨエルの胎内に入ってきた。香油の類を使っていないにもかかわらず、ぬるぬるとなめらかに胎内を掻き混ぜるのは、リヒトが自身の精液を指にまぶしたからだろう。リヒトは自分以外のモノがヨエルの中に入るのを、ことのほか嫌う。

こなれたヨエルの胎内は、乳首をちゅうちゅうと吸い上げられながら掻き混ぜられるうちに、すぐに受け容れる準備が整った。最近ではリヒトに指を差し入れられると自然と潤うようになってしまった。他の男たちには終《つい》ぞ無かったことで、リヒトを歓ばせている。

リヒトは胎内から指を引き抜き、湯気をたてんばかりのそれをぺろりと舐め上げると、ヨエルの両脚を高々と担ぎ上げた。

「ヨエル……綺麗《きれい》だ…俺の、聖者……」

「あっ……は、あああ……ん…！」

ずぶずぶと、狭い胎内を割り開き、一物が入り込んでくる。

何度受け容れても慣れない圧倒的な質量は、腹の中にリヒトが寄生しているかのようだ。胎内の一物の脈動と己の鼓動が重なるたび、そんな想いにかられる。

「愛してる…、俺だけの聖者…俺だけのヨエル……」

うっとりと囁く男の顔に、かつて修道院で共に過ごした双子の兄弟が、交互に重なる。兄だと思っているが、本当は弟なのかもしれない。修道院の壊滅と兄弟の無惨な死が、無邪気だった少年を変えてしまっただけなのかもしれない。あるいは当の本人すら、己が何者か、もうわからなくなっているのかもしれない。

正体不明の、つぎはぎの化け物。

ならば、さしずめヨエルは、化け物に捧げられた供物《くもつ》というところだろうか。

この男が創り上げた白い花畑の中で、ゆっくりと喰われ、朽ちていく。

そんな結末も悪くない。――食い尽くされる最後の瞬間まで、この男と共に在るのならば。

「私も……、愛してる……」

ヨエルは囁き、瑠璃石のペンダントが揺れる男の首筋に、銀百合の指輪を嵌めた手をゆっくりと回した。

最愛の人と共に乗り込んだ馬車が目的地に到着したのは、午後をだいぶ過ぎてからのことだった。陽《ひ》は西の稜線《りょうせん》に沈みかけていたが、赤い光はくっきりと照らし出してくれる。

荒れ果てた廃墟《はいきょ》――かつて男が最愛の人に出逢い、共に過ごした修道院の現在の姿を。

「ここが……」

そう言ったきり、最愛の人は二の句が継げないようだった。それもそうだろう。この一帯が帝国の版図に加わったのはごく最近のことだ。辺境の名も無い修道院を、王国はわざわざ再建などしなかった。そのため、かつての修道院には軍に蹂躙された傷痕が生々しく残されたままなのだ。外観だけでも、あちこち崩れた壁には剣で傷付けられた跡や、どす黒く変色した手形が見て取れる。

それらが刻まれた時の記憶を、男は未だはっきりと覚えている。

逃げ惑う修道士や子どもたちの絶望に染まった顔を。そして彼らを追い回し、背中から斬り付け、修道院の僅かな蓄えを根こそぎ奪っていった兵士たちを。むせかえるほどの血と、鉄錆《てつさび》の臭いを。

「……院長先生や、皆の遺体は…どうなったんだ？」

こんな光景を目の当たりにしただけでもつらいだろうに、最愛の人は気丈にそう問いかけてくる。

かつての修道院を含む一帯が帝国領になったと聞き、行ってみたいと言い出したのは最愛の人の方だ。美しすぎ、魅力的すぎる最愛の人を、男としては絶対に邸から出したくなかったのだが、閨で何度もせがまれては断りきれなかった。

優しい彼のことだ。きっと、心の中ではずっと、無惨に殺された院長や仲間たちを弔いたいと思っていたのだろう。道中、馬車の中では、いずれ戦災孤児たちを引き取って養育し、罪滅ぼしをしたいと話してくれた。その心根の清らかさ、気高さ、美しさに、男は改めて跪きたくなる。

「院長先生たちは、俺を保護してくれた帝国軍が、まとめてそこに。……ゼルも、俺が一緒に埋めさせてもらった」

男は修道院の門があった辺りを示した。帝国兵が回収しきれる限りの遺体を埋葬したそこは、周囲よりも土が盛り上がり、石で出来たクロスが立てられている。幕標も無いのはあまりに憐れだからと、男を保護してくれた帝国軍の部隊長が崩れた屋根のクロスを代わりに立ててくれたのだ。

「院長先生、ゼルギウス、皆……今、戻りました」

最愛の人がそこに跪き、祈りを捧げ始める。

たおやかな後ろ姿をじっと見詰めていた男は、ふと視界の端に白いものがちらつき、そっと愛しい人の傍を離れ、近くの聖堂の裏手に向かった。

かつて男は聖堂に逃げ込み、兵士たちの蹂躙から逃れることが出来た。暴虐の限りを尽くしながらも、聖者の肖像画が飾られた、最も聖なる場所を侵すのは、彼らも躊躇われたのかもしれない。

長年の風雨に晒され、風化してしまっているかもしれないと思っていたが、朽ちかけた建物の裏手には、かつて男が目印として置いた石が、きちんと残っていた。黒い染みのついた石を囲むかのように、季節外れの白百合が咲き誇っている。まるで、男の罪を告発でもするかのように。

男はすっかり固くなった大地をブーツの底で踏みにじり、白百合を一輪も残さず、丁寧に摘み取った。愛しい人に花を捧げていいのも、神聖な足元に跪いてその指先を舐め回していいのも、この自分だけだ。

「どうした？　何かあったのか？」

祈りを捧げ終えたらしい愛しい人が、ゆっくりと歩み寄ってくる。黒い染みのついた石を射殺さんばかりに睨み付けていた男は、瞬時に柔らかい笑みを浮かべ、摘んだばかりの白百合の花束を手渡した。

「そこに咲いていたから、皆に手向けようと思って」

「ああ、山の方から種が運ばれてきたのかもしれないな。皆もきっと、喜んでくれるだろう」

最愛の人は素直に花束を受け取り、さっそくクロスの墓標に手向ける。そこに男の兄弟が眠っていないなど、きっと想像もしないだろう。

冷たい風に、白百合が揺れる。まるで、もの言わぬ死者の抗議のように。

失ったはずの右目が、眼帯の下でぎょろりと動く感覚がした。

嬉しくて誇らしくてたまらなかった。だってこの傷は、兄弟には無かった傷。最愛の人が愛し、慈しんでくれる傷だ。

右目を失った自分を最愛の人が愛してくれるということは、兄弟ではなく、男自身が愛されていることと同じではないか。

死者はそのまま大人しく眠り続ければいい。白百合の供物として。

男の左目が、底なし沼のような深みを帯びる。

「おやすみ、リヒト」

祈りにも似た呪いは、冷たい風にさらわれ、散っていった。

あとがき

こんにちは、宮緒葵《みやおあおい》です。『白百合の供物』をお読み下さりありがとうございました。こちらは十年ほど前に前レーベルで刊行されたものを、ご縁があってキャラ文庫さんより出し直して頂けました。これも常日頃応援して下さる皆さんのおかげです。なお、本編のネタバレを含みますので、未読の方はご注意下さいね。

前に出し直して頂いた『沼底から』の時もそうでしたが、出し直しに当たり、十年前の原稿を読み返しました。十年前の自分との対話は、相変わらず不思議な気持ちになります。色々思うところはあれど、一番は『この話は、十年前の自分でなければ書けなかった』ですね。同じプロットを使っても、今なら全く別のお話になると思います。文章は生き物だと、改めて痛感しました。

私の記憶では、リヒト（本物）とゼルギウスの顚末《てんまつ》はもっとはっきり書いたはずだったのですが、かなりぼかしていたことに驚きました。ヨエルが本当の真実を知ったら、おそらくリヒト（現在）とは距離を置こうとするのではないでしょうか。

本編終了後の二人については、甘々ほんわかした期間はわりと短いのではないかなと思います。帝国はまだまだ動乱期ですからね。王国との決着もまだついていませんし、皇帝もある意味リヒトより食わせ者なので、否応無しに巻き込まれそうです。

当時一番よく聞かれたのはリヒトの正体ではなく、ギースバッハ将軍はどんな弱みを握られていたのか、でしたが、将軍の名誉のために伏せておこうかと…。ヒントとしては、その事実自体は『そんなことで?』と思われる程度ですが、本人は非常に気にしており、露見すれば社会的に大打撃を受けるようなことです。

出し直しに当たり、イラストは新たにミドリノエバ先生に担当して頂けました。先生、素晴らしい二人をありがとうございました！　リヒトもヨエルも何パターンも考えて下さって、どれか一つを選ぶのに苦労しました。

担当して下さったY様、今回もありがとうございます。いつも的確なアドバイスとお力添えを頂き本当にありがたいです。

ここまでお読み下さった皆様、いつもありがとうございます。お礼を込めて、後書きの後にリクエストの多かったリヒト（本物）視点のお話を書き下ろしましたので、このままページをめくってみて下さいね。

ご感想など聞かせて頂けると嬉しいです。

それではまた、どこかでお会い出来ますように。

ごく普通の両親のもと、ごく普通の家に生まれたと思う。

裕福ではないが、日々の暮らしに事欠くほど貧しくもない。他の村人がそうであるように、両親は村長から借り受けた畑を耕し、牛や鶏を飼い、つましく暮らしていた。村の中で読み書きが出来るのは村長とその家族、そして教会の司祭くらいだ。

村人は五、六歳にもなれば働き手とみなされ、男の子は畑作業を手伝わされ、女の子は糸紡ぎや機織《はたお》りを習わされる。近くの町にある学校へ通うのは村長の息子だけ。ほとんどの村人は自分の名前も書けず、簡単な計算が出来ればいい方だ。

それが当たり前だと、リヒトは思っていた。

朝早くから夕暮れまで畑を耕すのは疲れるが、そうしていれば仲間外れにされることも、食べ物に困ることも無い。読み書きや計算ができなくても困らないし、どうしても必要な時は村長や司祭が代わりに読み、代筆もしてくれる。リヒトに限らず両親も…他の村人たち全員がそう思っていただろう。

違うのは双子の兄、ゼルギウスだけだった。

『人間のくせに、家畜に成り下がってどうするんだよ』

同じ顔、同じ声、同じ色彩を纏《まと》っていても、ゼルギウスはリヒトとは違う存在だった。猫の仔と獅子《しし》の仔くらいには。たった一人の兄弟なのに、ゼルギウスにじっと見詰められるたび、リヒトは肉食獣の前に裸で放り出されたような気分になった。

『僕たちが読み書きや計算を習えないのは、その方が為政者にとって都合がいいからだ。帝都みたいな都会ならともかく、こんなど田舎じゃ、無知蒙昧《もうまい》な家畜同然の村人ほど統治しやすいものは無いからな』

『か、家畜？　俺、牛や鶏と同じなの？』

『何も考えずに与えられる餌《えさ》を漫然と食らい、諾々と使役される。どこが違うんだ？』

畑仕事の合間を縫って教会に通い詰め、司祭から文字の手解きを受けているゼルギウスは、大人すら知らない難解な言葉を使いこなした。リヒトは首を傾《かし》げるばかりだったが、これだけはわかった。

ゼルギウスは異質で、そして稀有《けう》な存在だ。こんな田舎の村には収まりきらないほどに。異質な子どもを周囲は気味悪がっていたが、皆たかをくくっていた。しょせんは貧しい農夫の倅《せがれ》。いずれは己の分をわきまえ、畑を耕すしかないのだと――。

大人たちの思惑をくつがえしたのは、ある日、何の前触れもなく襲ってきた山賊だった。後で知ったことだが、彼らは山向こうの村の男衆で、何年も続く不作のためとうとう作付用の麦まで食い尽くしてしまい、食べ物を求め山を越えてきたのだ。はなから交渉をするつもりはなく、村人を殺して略奪する意志しか無かった。

『こっちだ、リヒト』

一緒に畑に出ていたゼルギウスがいち早く賊の正体に気付き、山に隠れさせてくれたおかげでリヒトは難を逃れた。

だが村にはまだ両親や友人が残っている。助けに戻りたいと願うリヒトに、ゼルギウスはにべもなく首を振った。

『戦えないお前が戻っても殺されるだけだ』

『で、…でも、お父さんやお母さんを見捨てられない！』

ゼルギウスの制止を振り切り、駆け戻った村は、もはやリヒトの育った故郷ではなかった。家という家は打ち壊され、一粒の麦も残らず奪い尽くされ……必死に抵抗したであろう村人たちは無惨な骸《むくろ》となってあちこちに倒れていた。

『お父さん、お母さん！』

その中に両親の骸を見付け、リヒトはたまらず駆け寄った。変わり果てた二人に縋《すが》り付き、泣き叫んだ。

だがその泣き声が、まだ村に残っていた山賊を引き寄せてしまったのだ。

『ガキが一人生き残ってもどこかで野垂れ死ぬだけだろう。親のところへ送ってやるのがせめてもの慈悲だ』

身勝手な理屈をこね、山賊は血まみれの剣をリヒトに振り下ろした。

リヒトは何も出来なかった。ただガタガタとみっともなく震えていただけだ。

だが剣はリヒトを斬る直前で止まり、山賊が背中から血を噴き上げながら倒れた。その向こうから現れたのはゼルギウスだ。どこかで拾ったらしい剣を握り、その切っ先から鮮血をしたたらせている。

……殺した、んだ。

山賊とはいえ、人の命を奪った。…殺させてしまった。リヒトのせいで。何も出来ないリヒトが、のこのこと戻ってしまったせいで。

『ふうん……こんなものか』

リヒトは衝撃と猛烈な罪悪感で声も出ないというのに、ゼルギウスは剣を握った手と山賊の骸を見比べ、冷静に人を斬った感覚を反芻《はんすう》していた。どうしてそんなに落ち着いていられるのか。人を殺したばかりで、目の前には両親の骸も横たわっているにもかかわらず。

『気が済んだなら、行くぞ』

ゼルギウスの緑の瞳が向けられ、リヒトはびくんと肩を震わせた。

『い、行くって、どこへ』

『反対側の山を越えた先に修道院があったはずだ。そこに助けを求める』

『ええっ⁉』

反対側の山を越えた先は帝国ではなく、王国領のはずだ。絶対に反対側の山を越えるな、王国人に殺されると両親に言い聞かされたから、リヒトもそれくらいは知っている。

『聖職者は身分にかかわらず、助けを求める者には手を差し伸べるのが決まりだ。王国の軍隊に故郷を襲われ、命からがら逃げてきたと訴えれば、絶対に拒まれない』

『王国の、軍隊？　でもこいつら、違うよね？』

『そういうことにしておくんだよ。……心配するな。どうせ王国軍も山賊も同じようなものだ』

ゼルギウスは不敵に笑い、紅く染まった剣を鞘《さや》に収める。剣術など習ったことも無いのに不思議とさまになるその姿を見て、リヒトはぼんやりと思った。

――いつか自分はこの兄に殺されるのかもしれない、と。


ゼルギウスの予想は正しかった。足を肉刺《まめ》だらけにしてたどり着いた修道院の院長は人格者で、王国軍に肉親を奪われた哀れな双子を受け入れてくれた。

修道院には同じように引き取られた子どもたちが養われていた。ただし帝国ではなく、王国の。帝国軍に親を奪われた子どもたちの中で、リヒトとゼルギウスはたちまち排斥といじめの的になった。

リヒトは気が気ではなかった。いじめのせい…ではなく、山賊を何のためらいも無く殺したゼルギウスの姿が頭をちらついて。ゼルギウスが痺《しび》れを切らしたら、子どもでも殺されてしまうかもしれない。

救いは唐突に現れた。世にも美しい、銀髪の天使をかたどって。

『だったら、こいつらだって同じだろう！　こいつらの家族は、俺たち王国人に殺されたんだぞ！』

身を挺《てい》して庇《かば》ってくれるヨエルは救い主だった。リヒトにとっても……ゼルギウスにとっても。

……嘘、だろう？

ちらりと双子の兄を窺《うかが》い、リヒトは我が目を疑った。熱に浮かされたような顔でヨエルを見詰めるゼルギウス。両親を殺され、初めて人を殺した時さえ眉一つ動かさなかったゼルギウスが、無垢《むく》な子どものように見惚《みと》れるなんて。

その時初めて、リヒトはゼルギウスとの血のつながりを感じた。自分がヨエルのそばに居なければ不安でたまらないように、ゼルギウスもまたヨエルに惹《ひ》かれている。隠そうとしても、目で追いかけずにはいられないほどに。

けれど肝心のヨエルにはその思いが伝わらない。無言で付いて来てはじっと見詰めるゼルギウスを、ヨエルは不気味がっているふしすらあった。自分には優しくしてくれるのに。

ゼルギウスは全てにおいてリヒトより優れている。けれどヨエルに寵愛《ちょうあい》されているのはリヒトの方だ。

そう思うたびゼルギウスに対する罪悪感が薄れ、代わりに優越感が満ちていくのを感じた。

それはリヒトがヨエルを守るため、頬に消えない傷痕を負ってから確固たる自信となった。

ヨエルはひどく悲しんだけれど、この傷痕はヨエルを守った証《あかし》。勲章のようなものだ。これがある限りヨエルはリヒトを忘れない。捨てられない。たとえ王都の大教会に行ってしまっても。


リヒトは、ゼルギウスよりもヨエルに愛される。


「安心しろ、リヒト」

喜悦の滲《にじ》む囁《ささや》きが聞こえた瞬間、後頭部をすさまじい衝撃が襲った。

視界がゆがむ。

地面に倒れるまでのわずかな間、これまでの出来事がくるくると頭の中を駆けめぐった。国境で衝突した帝国軍と王国軍。戦場と化した修道院。聖職者や子どもであろうと容赦無く殺戮《さつりく》する兵士たち。ゼルギウスに手を引かれ、逃げ出したリヒト。

…そうだ、逃げられたはずなのだ。山賊に全滅させられた故郷から逃げのびられたように、今回もリヒトとゼルギウスだけは生き残れるのではなかったのか？

「ヨエルは俺が守るから」

今にも途切れそうになる意識をどうにかつなぎ止め、必死に見上げれば、ゼルギウスは血の付いた石を捨て、ナイフで己の頬をざっくりと切り付けた。鮮血に彩られた不敵な笑みが、山賊を殺した時のそれに重なる。

……ああ、やっぱりこうなるのか。

憎しみも悲しみも、不思議なくらい湧いてこなかった。本当ならあの時死ぬはずだった運命がゼルギウスのおかげで猶予を与えられただけだと、わかっていたから。

でも。

叶《かな》うなら、どうか。

……ヨエル、忘れないで……。

ヨエルを守り、ヨエルだけを最期まで思っていた自分を。

そうすれば、自分はヨエルの心の中で生き続けられるから。

この先誰が『リヒト』としてヨエルの前に現れても、きっと。

この本を読んでのご意見、ご感想を編集部までお寄せください。

《あて先》〒141-8202　東京都品川区上大崎３－１－１　徳間書店　キャラ編集部気付
「白百合の供物」係

【読者アンケートフォーム】
ＱＲコードより作品の感想・アンケートをお送り頂けます。
Ｃｈａｒａ公式サイト http://www.chara-info.net/

■初出一覧

白百合の供物……フランス書院刊（2014年）

※本書はフランス書院刊行プラチナ文庫を底本とし、番外編を書き下ろしました。

2024年7月31日　初刷

著　者　宮緒 葵
発行者　松下俊也
発行所　株式会社徳間書店
〒141-8202　東京都品川区上大崎3-1-1
電話　049-293-5521（販売部）
03-5403-4348（編集部）
振替　00140-0-44392

Chara

白百合の供物

……【キャラ文庫】

印刷・製本　TOPPANクロレ株式会社
カバー・口絵　近代美術株式会社
デザイン　カナイデザイン室

ISBN978-4-19-901138-2

宮緒 葵の本

好評発売中

［錬金術師の最愛の悪魔］

イラスト✦麻々原絵里依

王位継承争いに巻き込まれ、俺を庇って母が殺されてしまった!!　離宮でひとり悲嘆に泣き暮れる第三王子フレイ。けれど寂しさに耐えかね、ついに禁忌の人体錬成に手を出してしまう!!　そして幼き天才錬金術師の前に現れたのは、知性も美貌も完全無欠な青年・ルベド――。「我が創造主よ、貴方に絶対の忠誠を」無詠唱で魔術を操るホムンクルスと、王子の異端の才能は畏怖され、再び命を狙われて!?

宮緒 葵の本

好評発売中

「騎士と聖者の邪恋」

イラスト✦yoco

王都で音信不通になった幼なじみを探したい——。固い決意を胸に秘め、田舎から旅に出た青年ニカ。着いた早々出会ったのは、高い魔力と美貌を誇る司教のシルヴェストと、獣も一撃で倒せる騎士団長ザカリアスだ。地位も名誉も併せ持つ二人に、ニカは少しも興味を示さない。魔力すら無意識に排除する彼は、一体何者なのか…？　犬猿の仲の二人は、競って関心を惹こうと邸での滞在を提案して⁉

宮緒 葵の本

好評発売中

「祝福された吸血鬼」

イラスト◆Ciel

不老の肉体と高い魔力を持つ、死と闇の眷属・吸血鬼《ナハツエール》——。元は小国の王子だったアウロラは、外見は弱冠 17 歳の美少年。生きることに飽いていたある日、魔の森で、少女と見紛う少年を拾う。傷つき疲弊した彼は、実は王位継承争いで国を追われた王子だった!! アウロラの正体を知っても恩義を感じ、忠誠を誓うこと五年——。華奢で愛らしかった養い子は、若き獅子のような青年へと成長して!?

宮緒 葵の本

好評発売中

［沼底から］

イラスト✦北沢きょう

竜神伝説の残る鄙びた村で、旧家の当主だった父が死んだ——。葬儀に参列するため、15年ぶりに帰郷した大学生の琳太郎《りんたろう》。出迎えたのは、父の後妻だという女主人の璃綾《りりょう》だ。けれど、喪服の着物を着た艶やかな麗人は、どこからどう見ても背の高い男‼　混乱する琳太郎に、初対面のはずの璃綾はなぜか甘く微笑んで⁉　幼い頃、忌み沼で神隠しに遭った子供の帰還が、止まっていた時を揺り動かす‼